人生之大道，

造化之至理，

可知否？

知了，

即得道，

即真知。

知了

吴长忠 著

中原出版传媒集团
大地传媒
大象出版社
·郑州·

图书在版编目(CIP)数据

知了／吴长忠著 .— 郑州 ：大象出版社，2015．7
ISBN 978-7-5347-8517-7

Ⅰ．①知… Ⅱ．①吴… Ⅲ．①散文集—中国—当代 ②散文诗—诗集—中国—当代 Ⅳ．①I217.2

中国版本图书馆 CIP 数据核字（2015）第 168952 号

知了

吴长忠 著

出 版 人 王刘纯
责任编辑 孙 波
责任校对 倪玉秀
封面设计 王莉娟

出版发行 大象出版社（郑州市开元路16号 邮政编码 450044）
发行科 0371-63863551
总编室 0371-65597936
网 址 www.daxiang.cn
印 刷 郑州新海岸电脑彩色制印有限公司
经 销 全国新华书店
开 本 890mm×1240mm 1/32
印 张 5
字 数 70千字
版 次 2015年8月第1版 2015年8月第1次印刷
定 价 30.00元

若发现印、装质量问题，影响阅读，请与承印厂联系调换。
印厂地址 郑州市文化路56号金国商厦七楼
邮政编码 450002 电话 0371-63944233

序

彭学明

这是本散文诗和散文的合集。

一片大海，一条河流，一壶池塘，一只孤鸟，一片月光，一声知了，一个故乡，还有几个乡人、几枝花朵，就是全部风景。寥寥几笔，说轻却重；淡淡几抹，墨浅意深。

散文诗的本质是诗，只是借用了散文的叙述方式，是用散文的瓶子装诗歌的美酒，所以，它得有诗心、诗意和诗情。没有诗心、诗意和诗情的散文诗，肯定不是好诗。如果是伪诗心、伪诗意、伪诗情，那更不是好的散文诗。吴长忠的散文诗具备了完美的诗心、诗意和诗情，是难得的散文诗佳作。

径寸之木，曲尽其态。说的是方寸之地，千姿百态，包罗万象，美不胜收。这是吴长忠散文诗的第一个特色。吴长忠的散文诗完全继承了传统散文诗的写法，中规中矩，却意向奇崛；篇幅短小，却博大精深。其行文简洁流畅，却风生水起；其情感恣肆汪洋，却不拖泥带水；其诗意千转百回，却质朴明了。海，蒲公英，向日葵，荷，雪莲，池塘，故乡，樱花，都以各种不同的文学姿态和意向，在散文诗的百花园里绽放美丽。吴长忠是美的追求者，也是美的发现者、美的创造者，诗心追求，诗意发现，诗境创造，为美而歌。不是激情澎湃，而是宁静低回；没有壮怀激烈，却能水滴石穿。有感而发，出自内心；随性而为，水到渠成。整个诗作散发出的是一种飘逸灵动却真挚深沉的诗仙气息。

滴水击海，微言大义。说的是借物言志，见微知著，以小博大。这是吴长忠散文诗的第二个特色。吴长忠散文诗很少注重景物的具象描摹，而是注重心灵的瞬间感悟，是在一景一物中探求精神的寄托和思想的表达。他的着眼点和出发点，不在历史的宏阔，题材的宏大，而在生活的细部和世界的细处，在俗事和凡物中体味生活，发现奥秘，揭示事理，品味人生。

可谓滴水击海，微言大义。《看海》里，他感受的是“短暂面对永恒，渺小融入伟大”的精神境界；《蒲公英》里，他表达的是普通人平凡而高贵的品性；《忧郁的河》里，他展现的是不同民族拥有同样的博大与坚韧；《读荷》里，他迷恋的是人生美而圣的历练过程；《樱花赋》里，他礼赞的是默默坚守中灿烂绽放的生命；《残荷》里，他看到的是惨淡暮秋中一池滴翠的希望之春；《向日葵》里，感恩与奉献是他寄托在向日葵中的情怀；《午后池塘》里，一池涟漪溅起的，是柳暗花明的人生风景；《故乡》里，游子对故乡永恒的爱，是谁都斩不断的血脉之根。

不必讳言，散文诗在中国文坛一直处于尴尬的地位。一是没有名分，或者名分不清，是独立的文体，还是诗歌、散文，一直似是而非、含混不清。二是备受歧视，多数人认为散文诗是小儿科，不起眼，创作者稀少，关注者寥落，理论批评者更是屈指可数。但无论中外，历史长河永远淹没不了散文诗的光芒，于无声处，我们依然可以听到散文诗的拍岸涛声。比如鲁迅的《野草》、高尔基的《海燕》，特别是泰戈尔的《飞鸟集》《园丁集》《吉檀迦利》等系列散文诗。

我无意把吴长忠与这些伟人相提并论，但我期待散文诗园地里有更多的像吴长忠这样默默耕耘的劳动者、实践者和收获者，期待着更多的人与散文诗结缘、与散文诗恋爱、与散文诗同行。我也期待吴长忠先生今后的散文诗创作中，能够千锤百炼出《海燕》一样的旷世奇文。

而在这部集子里，我更喜欢他为数不多的几篇散文。这些散文记人、叙事、状物，都文风质朴，情感真诚，不浮华，不矫揉造作，像乡野的泥土，结实而本色。他不管是写鹰还是写知了，是写拉煤还是写给爷爷祝寿，是写三个大嫂还是写隔壁大哥，那抑制不住的乡风、乡味、乡音、乡情，都花草一般，从泥土中滋滋冒出，透着野花一样的淡淡芬芳和淡淡感动。在《鹰》里，我们不但看到了乡亲驯鹰时的高超智慧和别样生活，还在这种别样生活和智慧里，额外地品味到民间乡野的别样知识和奇趣，品味到了乡情的几分奇美和一丝酸涩。《三个大嫂》里，三次民间平凡正常的工作经历，呈现了三个平凡生动的民间大嫂，三个民间大嫂对滴水之恩的刻骨铭记和感激，是对民间情感最质朴的讴歌。《欠交的学费》里，隔壁朱家大哥为“我”

第一次上学交的第一笔学费，虽然只有寥寥的五毛钱，却是“我”一生最珍贵的精神财富，是一生都想着欠着记着的情，因为这样的情实在是太纯洁美好了，需要一生珍藏。《拉煤记》里，“我”拉不动时，那个不知姓名的伯伯虽然只帮“我”推了一把，但“我”却明白了在前行的路上，怎样在人最需要的时候帮人推拉一把。《给爷爷祝寿》，虽然写的是孩提的孝心，给人留下深刻印象的还有“过鱼”这样的民间生活奇景。《知了》，不仅仅是描摹民间乡野知了的歌声，还有知了的歌声里所蕴含的禅味人生。之所以我在几篇散文里不断提到民间，是因为他用最简单的笔墨，抓住了民间最简单的表情、最简单的细节。这些最简单的民间细节和表情，是最本色和本真的民间情意和民间情感，最接地气，最动人心，我们的所有作品，都需要这样的地气。接不了这样的地气，就动不了这样的人心。走心的作品，一定是先走地气、从地气而来的。

祝长忠先生作品越写越好。

此文于 2011 年 5 月 12 日为长忠先生散文诗集《读荷》上妆

2015 年 5 月 12 日为长忠先生散文集《知了》补妆

目 录

读　荷

世人皆爱荷，叹其美艳，赞其高洁。常常地，细细地品味荷花，我感觉荷花——也许只有荷花，达到了美而至圣的境界。

圣和美无疑是人类所追求的价值体系中的两个核心概念。在人类感知自身及外部世界的过程中，形成了人类的意识形态。在意识形态的主要形式中，每一种形式都对应着一个核心概念，或曰核心价值。正如哲学之对应真，道德伦理学之对应善，法律之对应安，体育之对应力，圣和美则分别是宗教与艺术的核心概念。这个价值体系中的诸核心价值，在其最高境界则是相通的。其一例是高水平的体育竞赛不仅能引起人们对“更高、更快、更强”之趋于力的极限的赞叹，也能同时给人们以美的享受，即由核心价值“力”至核心价值“美”的渡溢。其另一例如古希腊雕塑《断臂的维纳斯》，千百年来，面对这尊美得令人炫目的人体，没有人想过触摸或占有，她在人们的心底激起的是神圣的感觉，因为她的美而使人找到了一种近乎神圣的自信，这是由核心价值“美”至核心价值“圣”的升华。

观诸四季花卉，或暗香清芳、明媚娇艳，或姹紫嫣红、百态千姿，实乃自然造化之精华。若自然界亦有核心价值体系，我相信“花”应居于体系之高端，正如“美”居于人类社会核心价值体系之顶层。

然因四时花卉生长特征、自然品性之差异，给予欣赏主体的感觉也是不同的，更何况欣赏主体亦有千差万别，作为同一个体的欣赏者在不同时空环境下的感受也是不同的。

秋天品味菊花，我为其风节而感动，“宁可枝头抱香死，何曾吹落北风中”，伟丈夫也。冬天品味梅花，我为其勇毅而击节。自知风寒侵凌，依然前行报春，真勇士也。春天品味牡丹，我为其气韵而赞叹。看那姚黄魏紫在春阳下绽放，在春风中摇曳，似将日月精华集于一身，纵情恣肆地展示着生命的高贵与艳丽。

此花中三品，可赞可叹。然而细品其生命过程，止于在自然形态之美艳中展示其节其气，而未入由美至圣之境界。入此境者，唯有荷花。你看她自盈盈清水中拔节而出，在纤尘不染的绿叶间绽放，在暖暖夏晖中凋谢，生来默默，归去静静，不争不嚣，无艾无怨。在转瞬间开放，为夏晨染一片亮丽；又在转瞬间逝去，为午后添一层静穆。我曾多次守候荷塘，却从未见一片荷花落下，似乎她特意选择人们不经意时归去。那不知什么时候洒落在荷叶上的花瓣，却片片鲜嫩，似从清水中绽出的新的花朵。你再看那未曾落下的残荷，却依然在惠风中、在清水上、在绿叶间摇曳着，绽放着妩媚。此时，我为荷的美艳而炫目，为荷的神圣而感动。

人生之匆匆犹荷花之来去。作为生命个体的人生是否也能像荷花一样，在归来归去间这么幽寂这么静美呢？荷花以其整个生命过程的纯美臻至“圣”的境界，似乎也以至美的一生昭示着我们，引导着我们勠力前行。

品　秋

梦中的故事凄了许多，鸟雀的鸣叫脆了许多，啊嗬，已经是秋天的早晨了。

我们贪婪地享用着冷香般的秋气，凉凉的颤抖着的身体彼此倚扶着，走出院落走出村子，走向故乡的原野。

“这就是你时常说起的故乡的秋天吗？”你欣赏着我们呼出的淡淡白雾说。“是的，秋天依旧，只是故乡的容颜有些迷离了。”

我们找到一条小路，一条依稀可辨的儿时走过的小路，任它引领着，融入炊烟与晨雾蒸腾的田地。淡黄色的朝晖好似雏鸡的羽毛，轻柔地飞撒在田野里，

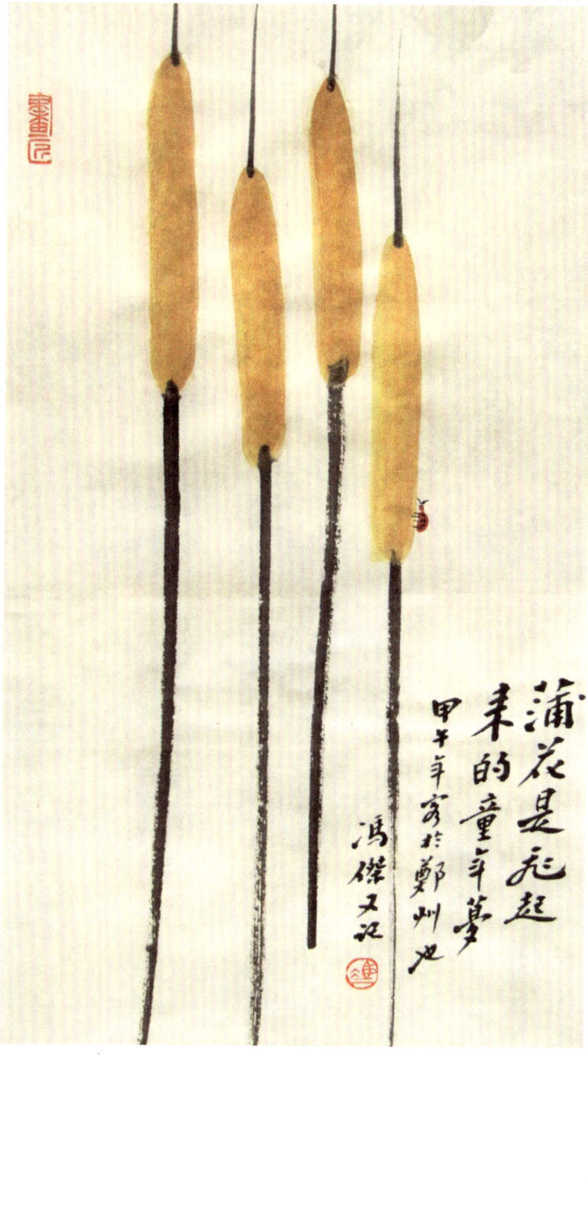
蒲花是飞起
来的童年梦
甲午年写於鄭州也
馮傑又記

染黄了豆荚，染黄了稻粒，染黄了刚刚犁过、散发着热气的土地。田垄上一丛青竹竿似的节节草格外妖娆，挂在每个枝杈顶端的露珠都闪烁着琥珀样的光泽，像一件精心雕琢的玲珑翡翠。狗尾巴草在枯萎了的红薯秧中挺拔着，骄傲地展示着顽强的生命力。牵牛花迎着晨晖缓缓绽放，为延续生命摄取最后的能量。一只蚂蚱从杂草丛中爬出来，趴在干土块上，悠闲地梳理着被夜露浸湿了的绛红色羽翼。

不知不觉中，雾霭散去，秋露散去，阳光融入血流，温暖了我们的肢体。我们在村前的河岸上停下脚步。“这就是那条留下许多故事的河流吗？”“是的，它曾经是运载过帝王龙舟和平民百姓血泪的大河，现在却变为一条美丽的小溪。”

清澈的溪流像用神笔蘸了灰蓝天空的色彩，在金色大地上画出一条美丽曲线。岸上的杨柳树经了霜的催化，平淡无奇的枝叶变得五彩斑驳，竟也成了风景。在河滩里已显枯败的杂草与灌木丛中，几株三春柳卓然独立，生机盎然，枣树样奇崛的树干上生出青绿的新枝条，粉红色的小花在秋阳下怒放。近水处则是芦荻蒲苇的专属领地，长长的蒲穗、茸茸的芦花在秋风下起伏摇摆，像是精灵的群舞一般。在《诗经》开篇即被歌咏的小水鸟在水草丛中穿梭鸣叫，它们的行踪飘忽不定，以至于我们只能听到它们呱呱的叫声，却难得觅到它们的踪影。几只白鹭在水面上翻飞，更为秋天的溪流增添了几分静穆的美。

循着秋风吹来的馥郁芳香，我们来到这片农家的果园。正是苹果梨枣的收获季节，采摘果实的人们开心地笑着，一遍遍赞叹着造物主的神奇。一群喜鹊飞来，兴奋地喳喳叫着，自在地享用着它们的美食。色彩斑斓的啄木鸟不知疲倦地在树枝间跳来跳去，啄下一片片枯黄的叶子。一棵老柿树兀立在果园中央，像天地间的一把巨伞，红黄相间的枯叶纷纷飘落，像一双无形的妙手在编织一张硕大的土耳其地毯。灯笼一样红得透亮的柿子星散地挂在枝头，骄傲地享受着秋天的阳光。

月光透过老槐树的枝叶秋水般洒满庭院的时候，四邻已寂静无声。蛐蛐们藏在爬满院墙的梅豆秧里，此起彼伏地低吟浅唱。我们品着秋茶，玩味着古贤咏秋的诗句，心绪亦如寥廓夜空，渐由明朗而归于沉郁。面对美好秋景何以凄戚？人生一世犹草木一秋。草木无言而春华秋实，我辈碌碌而不见事功。此时，我幡然领悟：古之悲秋，责己以砺志也！

鹰

一

在人们的印象中，中国农村总是与贫穷落后连在一起的，尤其是四十多年前的豫东农村。这里土地贫瘠，人口稠密，生存不易，每一天每个家庭都在为吃饱肚子、为生存而操劳奔忙。然而，细细思量，就我个人的知识积累而言，却是在那个年代，那样的境况中打下的基础。特别是那些在后来的人生旅途中有些用途的知识，比如关于鹰的知识。

在我的故乡，关于鹰的知识不像辞书中表述得那么精确抽象，但却极为鲜活有用。父辈们谈起鹰，绝不涉及鹰的坚喙利爪之类的废话，他们的眼睛总是瞪得大大的，说谁在村东头坟地里那棵老柏树上看到了一只鹰；谁家的老母鸡被鹰捉走了，那只鸡一个月能下二十六只蛋；谁玩的鹰昨天捉了四只兔子……或者指着左胳膊上端着的鹰说：看见了吧，这就是鹰。个头比鹰大的是老雕，老雕的毛色泛灰，鹰的毛色泛红，在天上飞着就能辨清。老雕咋能跟鹰比，鹰吃活食，只吃活食。老雕什么都吃，活的死的都吃。还有个头比鹰小的，那是鹞鹰，鹞鹰抓不了兔子，连鸡都抓不住，只能抓小鸟。如果把飞禽分作三六九等，在父辈们心目中，鹰是至高无上的。他们赞美它，在心里供着它，也在艰苦的生活中与之为伴，借助鹰的翅膀和利爪，获取些许精神愉悦和生活所需。

在我们村子里，鹰与人们的生活密切相关，正像今天城里孩子的生活与电脑密切相关一样。不少家庭养过鹰，孩子们都触摸过鹰的羽毛，自己家里不养鹰的，也随着别家的鹰去野地里轰过兔子，看到过鹰捉兔子的场面，体验过霎时提心吊胆热血沸腾的亢奋。

二

村里有个叫李文友的，身材魁梧，相貌堂堂，性格开朗又坚强，是大家公认的一条好汉。他不仅精于农耕，在鹰的驯养方面，也是顶尖高手。他是父亲的好朋友，比父亲年长两岁，我称他李伯。有关鹰的知识，多是从李伯那里得来的。

那时，每个生产小队，都有几间公房。队里的牲畜在这里集中喂养，队里的大事小事也都在这里议定，外部世界发生的各种新闻，也都由这里传播到各家各户。所以，有人称其为牛屋，有人称其为社屋，在村里，这可是再重要不过的地方了。养鹰人也总是把鹰端到社屋去，议着家长里短，听着奇闻轶事，照看着自家的鹰。一入冬天，村里的男孩子也纷纷从家里跑出来，挤到社屋的麦秸堆里，嬉闹着，听大人们讲各种有趣或无趣的故事。

“李伯，你怎么抓到这只鹰的？”我和几个孩子凑到李伯身边，盯着李伯左胳膊上端着的鹰。

李伯得意地笑着，正了正胳膊上的牛皮套，“怎么抓的，当然不是飞到天上抓的啦。鹰跟人一样嘴馋哪。

它一直在咱村周围转悠，我在村东头你家那棵大柿树下拴了一只母鸡，在一边布了网，它在柿树上落了三次，都没有抓我的鸡，跟我斗心眼儿呢，好吧，看看谁的本事大。它飞到哪儿，我就跟到哪儿，故意叫它看见我，不敢下来抓别的食物。它还是精不过人哪，又飞回那棵柿子树上了。它刚抓住老母鸡，我就用网套住它啦！”李伯越说越兴奋，孩子们越听越入迷，往前凑着凑着就趴在李伯腿上了。

李伯看了看他的鹰，对我说：“孩儿呀，用指头敲它一下，不能让它睡觉。”

我按他的指点，轻轻地敲了敲鹰的翅膀，疑惑不解地问：“为什么不让鹰睡觉啊？”

“这里边可是学问大啦。”李伯往烟袋锅里填上烟末，让我给他点上，慢悠悠地说，“你说，咱玩鹰是为什么？为了捉兔子。你一松手这鹰不捉兔子飞到天上去了怎么办？”孩子们都把眼睛睁得大大的，听李伯批讲个中玄妙。“玩鹰啊，最要害的是控制好鹰的力气。刚捉到的野鹰，一身肥膘，力气大得很，一展翅膀能飞几千里，你敢一松手，它马上就飞没影儿了，它才不会捉了兔子再给你回来呢！咋办？就得叫它变瘦，就得耗它的力气。怎么耗，法子多的是，陪它熬夜，不让它睡觉，就是办法。像你们乱蹦乱跳的小孩子一样，熬你三天三夜，保证叫你耷拉着脑袋爬不出窝。”“当然啦，熬过头了，把鹰熬病了，熬死了，那也不行，还得有别的法子。”李伯把烟袋锅子在鞋底上轻轻敲了两下，从口袋里掏出一个枣核大小的线团儿让我们看，“知道这是什么？线轴子，是用生麻线缠的，把这东西塞到鹰嘴里，叫它咽下去，它会很难受，过不了多久它就会把线轴子吐出来，不吐出来怎能行，它消化不了啊。它一吐出来，线轴子会把它肚子里的肥油带出来，这个办法来得快。”

“这么熬它、饿它、折腾它，鹰还怎么能捉兔子呀？”李伯从我惊愕的眼神中看出了我要问什么，接着说道：“也不能很耗它的力气，还要喂它鸡肉、鸡血，每次只让它吃半饱，叫它只有力气抓兔子，没有力气往远处飞，这就是玩鹰的学问。”

至今想起这种驯养鹰的手段，我仍心存惶恐。想那桀骜不驯的天之骄子，威猛无比的鸟之精灵，一旦落入人的股掌成为人类活动的工具，竟也这般困窘孤苦！

鷹不在了玩鷹的人也不在了
如今只剩下一些玩鳥的人了
乙未初春
上樓鷹一隻也
馮傑

三

过了半个月，李伯的鹰玩成了，要带到田野里去试放。我和一群伙伴一大早就跑到李伯家里等着，像时下的少男少女巴望着看星们腕们的演出一样。

这时已是秋冬交替的季节，杨柳树早已光秃秃的，只有梧桐树上还有几片干黄的叶子坚持着不肯落下。秋作物多已收获，经过霜打的棉花桃儿真的像干瘪的黑色桃子，开不出花了。这正是猎鹰捉兔子的大好时光。我们一簇十几人，按李伯的吩咐，一字儿散开，在枯黄的田野上奔走着，屏息静气地盯着远方，希望能惊起潜伏的兔子。那鹰也像我们一样，伸长脖颈，转动着一双锐眼，洞察着沟沟坎坎间的动静，这场面很像冷兵器时期的战场。行进中，忽听有人惊呼一声："兔子！"我放眼看去，果见一只兔子从前边田垄中跃起，斜着往远处的棉田里飞奔，垄间腾起一串飞尘。再看那鹰，早已从李伯手腕上弹起，紧贴着地面，箭一般地向目标扑去。眨眼间，它已追上猎物。只见它两只利爪往下一伸，宽大的翅膀呼扇几下，荡起一个雨伞大小的尘团。就这么一瞬间，一场惊心动魄的搏斗结束了。时间之短，速度之快，让人难以想象，甚至也有几分让人失望，这么精彩的场面，竟这样糊里糊涂地结束了。待人们赶到的时候，只见那鹰一只爪子抓住兔子的尾部，一只爪子握住兔子的嘴巴，十二根尾羽张开着，扎在地上，像插进地上的一排竹签一样。再看那只可怜的兔子，早已被两只鹰爪扭捏成一团，腿脚胡乱弹蹬着，两只鼻孔抽动着，发出一声声低沉的呻吟。

李伯跑过来一边喊着“是一只好鹰，是一只好鹰”，一边蹲下身子，轻抚两下鹰的翅膀，用食指把鹰的爪子从兔子身上一一取出来，将兔子四脚朝天按在地上，用力将兔子胸部撕开一个口子。那鹰骄傲地扑棱一下翅膀，便急不可待地将嘴巴扎进去，吮吸那新鲜温热的血。少顷，李伯便把鹰推到一边，用手掏出兔子仍在跳动着的心脏，送到鹰的嘴里，这就是对鹰的奖赏了。随后，李伯用绳子捆住兔子的两条后腿，往扁担上一挂，把手插进干土里搓掉血迹，重新把鹰架到手脖子上。他脸上流露着像那只鹰一样骄傲的神情说：“看清了吧？鹰就是这样抓兔子的。鹰聪明得很哪，它先用一只爪子抓住兔子的屁股，等兔子回头咬它的时候，它的另一只爪子正等着呢。”接着，李伯像变戏法一样，从口袋里摸出一把糖果，这是对我们的奖励了。

我记得那一天，这只鹰抓了五只兔子。它是一只好鹰。

前些日子李伯给了我一个孝敬他老人家的机会。他已是七十多岁的老人了，仍是村里的支部书记，应着乡亲们的差事。他为修连接几个自然村的柏油路而来到省城。寒暄几句后，李伯说：“孩儿啊，没啥好带的，给你弄几只野兔，是他们偷着用土枪打的。枪打的没有鹰抓的好吃。哎，咱村上早就没人玩鹰啦，我都十来年没见过鹰啦！”在接下来的片刻沉默中，我从李伯的眼神里读到的是困惑，是黯然，是苍凉……

午后池塘

我梦见这座山顶上有晶莹而芬芳的雪莲花，像秋夜穹隆上的星星，一片片，一点点。于是我背起行囊远足，去寻找，去攀援，去摘那朵属于我的雪莲。我知道有一朵属于我的雪莲花，正像天上有一颗属于我的星星。

我不知道这条崎岖的山路有多长，也不知道我走了多远，走了多少年。在这一池清澈的泉水边，我似乎听见一个声音在呼唤：行人啊，在这池边歇息片刻吧！你看太阳爬过这道山梁也放慢了脚步，它投下的光影懒懒的，乏乏的，像人到了中年。你看那池边，山菊花漫自开放，野山雀藏在竹林里呢喃，水曲柳和山榆树也在风中摇摆着，摇得一池秋水这等斑斓。

我停下脚步，驻足池边。任清冷的山风梳理乱发，任凛冽的泉水浸濯双足，纷乱的思绪像这池斑驳的秋水，陆离而茫然。

明媚的眼睛

是的，就是这样的一个雪后清晨。大地静穆，似初开鸿蒙。循着银铃般的笑声看去，在金色的阳光下，在白桦丛中，我看到了那双明媚的眼睛。

那么清澈，像夏日的荷露映现着七彩的世界；那么宁静，像德沃夏克用音符塑造的水仙女神；那么生动，像在雪原上跳跃的梅花鹿；那么单纯，像新生婴儿睁开眼睛向人间世界发出的第一声叩问。

我几曾迷茫，喟叹世事多艰。五千年了，给予人类的时间已足够久长。西哲东圣们呼唤和拼争的清明世界仍渺无可寻。微小如沙尘的个体面对如此纷纭世事又能若何？每当此时，便有这双明眸闪现，像大海上迷途的破船看到闪烁的灯。

我几曾迷茫，喟叹人情淡冷。雄才大略如屈子，洞明世事如托翁，尚难逾越这堵无形的墙，凡俗之如我辈又能何为？每当此时，便有这双明眸闪现，像晶莹的北辰规定着时空坐标，也引领着这颗空寂的心。

我几曾迷茫，喟叹人生无常。少年壮士，春日香梦，转瞬间即随落花流水去，年年岁岁，春去秋来，总留得太多愧悔伴平生。生之意蕴果如飞鸿留在雪泥上的指痕吗？每当此时，便有这双明眸闪现，像一位哲人在为我指点迷津：为了领略至纯至美的瞬间，值得我们付出一生。

母亲的泪水

在兄弟姊妹中，我是较为争强好胜的一个。勤劳而和善的父亲说，我的性格最像母亲。

大凡性格是指一个人的行为特点，不属品行，不可作善恶良莠之区分。然而放置于共同环境之下，不同的行为特点即生出不同的结果。在我的童年以至少年那段贫困的时日里，正是因母亲争强好胜性格的大放光彩，我们八个兄妹才得到起码的温饱，活了过来，而且，除去大姐，还都上了学。

也许是得益于从母亲那里遗传下来的争强好胜的性格，从小学到大学，我都是老师眼里的好学生，多次升学转学，换一个新的学校新的班级，一次考试下来老师就对我有了好印象，两次考试过后，老师就安排我做班级的“干部”了。父母亲也对我的学业表现很满意，常常用欣慰的微笑给我以精神奖励。有时候物质上的奖励也是有的，每个学期当我拿着奖状回到家里的时候，或者老师来家里告诉他们我在学校的表现情况的时候，母亲都会煮两个鸡蛋，偷偷地放到我口袋里，甚至提高我的伙食标准，让我和年迈的爷爷吃同样的饭菜。我们家里每天蒸馍的时候都要在蒸笼中间单独放两个谷子面或玉米面做的窝窝头，那向来都是给爷爷做的，其他人只能吃用红薯叶掺少许的杂面和红薯面蒸的黑馍。现在想起来挺羞愧的，家里那么多姊妹，有比我大的，更有比我小的，我竟拿着和他们不一样颜色的馍，就那样一口一口地吃下去。

上小学的时候，班级里有一个姓邓的同学，学习成绩也很好。我们两个既是玩耍的朋友，更是学习上的竞争对手。每次考试都互相较劲儿，生怕被对方超过。记得一个学期的期中考试，因麻痹大意，我写错了一道算术题的得数，被扣了两分，气得我偷偷地抹眼泪。期末考试的时候我特别认真，答完了题也不像往常一样急忙交卷，检查一遍又一遍，确认无任何差错才离开教室。果然，我考了两个一百分，在班里独此一个，邓姓同学比我少了一分，争强好胜的性格再一次给予我虚荣心的极大满足。

第二天吃早饭的时候，母亲一掀开锅盖，我就急不可待地往锅里瞧：锅里没有不一样颜色的馍。我非常失望，甚而觉得非常委屈，考了双百分还要吃黑馍，我难以接受这样的待遇，一气之下，竟转身而去。我直接跑到学校，跑到空荡荡的教室里。以现在的理解，我是在用绝食的方式发泄不满，表示抗议。

时至今日，我已经记不得我的第一次抗议行动是如何了结的了，但我清楚地记得后来姐姐给我说的话。姐姐说：爷爷去姑家住了，妈才没有蒸黄面馍。你走了以后，妈哭了。你没有吃饭，妈也没有吃啊。

我非常痛，非常悔。我当时转身就离开了家，没有看到母亲的眼泪。但在后来的岁月里，在回首往昔反躬自省时，我时常想起这件事，时常看到母亲的眼泪。

一首清纯的诗

生于如此匆促喧闹的世间，注定了劳碌奔波的人生。然而，不知是生存本能所致，还是基因前定，这些年也逐渐修炼出一些苦中求乐、忙中偷闲、闹中取静的本领。每当进入这种情态，心境中时常会生出这样一幅景致来：山野间，碧水旁，一群孔雀在跳着造物主特为它们编排的舞蹈，曼妙袅娜，从容自在。飘扬的飞絮、摇曳的花草，为它们伴舞；阳光透过枝叶的间隙，投来片片金箔，斑斑点点地洒在它们华丽的羽饰上。这是杨丽萍的舞蹈《雀之灵》。这印象深深嵌入脑海，时常浮现在眼前，甚至成为我干涸心田里的一片青翠，支撑着我对美好事物和纯洁德行的追求和希冀。

我第一次观看杨丽萍的舞蹈是在二十世纪九十年代初。幕布一拉开，整个会堂变得格外寂静，似乎每个观众都意识到自己是演出的一部分，稍有不慎弄出点声音，都会影响演出的效果。我完全沉浸在舞蹈所创造的至纯至美的情境中，我惊异人间怎么会有这般优雅、飘逸、清纯、如诗如画、如梦如幻的艺术，惊异艺术作品对于人的心灵的强大震撼力量。这种体验是以往未有过的。中场休息时，我发现在我旁边的通道上，席地坐着几个年轻学生。我问他们从哪里来，他们说是平顶山戏校的，老师带他们坐公共汽车几百里赶来的，车票钱是大家凑的，不足部分老师掏了腰包，但谁也拿不出买戏票的钱，只好等开演半个小时“放行”了以后才进来。我至今仍记得那几个年轻学生质朴、稚气的脸庞和怯生生的眼神。

演出结束以后，省委负责文化艺术工作的领导同志设宴感谢杨丽萍，我也有幸参加了这次宴会。站在杨丽萍面前，我的感觉是这位舞蹈精灵走下舞台后并不那么修长，倒给人一种玲珑娇小的印象，谈吐间流露出本质的和善，举止中蕴含着自然的清纯，衣着华丽、入时而不显矫饰。席间，一位领导同志指着我告诉杨丽萍，这年轻人是你的崇拜者。我即离席给自己的偶像敬酒，并随口道出三个希望：希望时间在你面前戛然而止，希望不断有新作问世，希望你永远不结婚。一番话逗得杨丽萍和在座的诸位大笑，气氛立时活跃起来。现在看来，这些话还真有些追星族的特点，直白白的、傻乎乎的，却也是出于真心。

后来的几年，因为工作的变动，我更多地参加了河南省文化艺术活动的组织、协调工作，又与几位同志一起，两次邀请杨丽萍到河南演出。两次演出都引起了轰动，似乎河南的观众都像我一样，偏爱这位独标高格的艺术家。当时，最令我们头疼的是票务，总是满足不了观众的要求，总是应付不了索票的电话，几个人为此都被折腾得筋疲力尽。但无论多忙多累，当音乐响起，大幕拉开，演出开始，所有的劳顿、烦恼都一扫而空，心中充满了喜悦和欣慰。记得演出中间的一个中午，我们邀请省会新闻界的朋友与杨丽萍聚餐，许多朋友即兴发言，表达对杨丽萍舞蹈的赞誉。我也心血来潮，突然想起一首印度古诗，并随手抄写在烟盒纸上，交给了省舞协主席陈锦生同志。锦生同志是歌唱家，也是一流的朗诵艺术家和节目主持人，她马上走到麦克风前，朗诵了这首题为《祝愿》的诗，以表达我和大家对杨丽萍的真诚的祝福：

愿你走过的路上，点缀着青绿的荷塘，
愿大树的浓荫，为你遮着火热的艳阳，
愿路上的尘土，为荷花的花粉所调剂，
愿微风轻轻地吹着，愿你一路吉祥。

这本来是印度古代歌剧《迦丽陀娑》中的一段歌词，是王子送别剧中女主人公时吟诵的一首送别诗，我借用时没有注明出处，锦生同志告诉大家是我即席创作的，这就引起大家的一阵赞叹，杨丽萍似乎也很受感动，提出要把抄写着这首诗的烟盒纸带走。事已至此，也只好顺水推舟，就这么剽窃一回吧，反正作者也不会找我理论知识产权问题，书呆子才会在那种场合去作什么说明，为什么要扫大家的兴呢？

愿微风为她轻轻地吹着，愿她一路吉祥。

知　了

一个多雨夏季的晴日，我在一处叫做重渡沟的深山溪流旁独坐。溪水径自流淌，水边的矢叶菊在斑驳的日影中绽放。青青的石竹草从岩缝中伸出茎叶，一丛丛地蔓延到溪水中。山风吹过竹枝，擦出散珠般的瑟瑟声。除此，就只有知了的嗡鸣了。

在这层峦叠翠的山野间，知了这不起眼的生灵，似乎成了万象的主宰。它们叫着，个个都很努力，似乎用了整个生命的力量，弹丸似的小躯壳抖动着，鸣奏出强大的音响，这音响交汇起来，此起彼伏，弥漫在整个山谷。它们叫着，个个都很专注，在溪水边跳跃的鸟雀和过往的行人似乎都与它们不相干。你若晃动树枝，它们就飞去另寻一处树枝落下，接着鸣叫下去。它们叫着，都很自觉，似乎不是为了向人们展示什么，不管别的知了叫没叫，怎么叫，它们都自顾自地叫着，也没有哪一只去和别的知了争抢更为有利的位置。它们叫着，叫得单纯，没有高低转换，没有节奏变化，甚至没有音调、音质和音色的区分。这种单纯的音响，令人想起风声、雨声，想起海涛的轰鸣，想起记录着远古沧桑变化信息的化石，想起混沌未开时的人类自身。

据文献记载，在古代，中国人历来是把知了作为具有灵性的生物去赞美的。唐代诗人李商隐、骆宾王皆有咏蝉名篇传世，卢同《新蝉》清新隽永，让人一咏三叹："泉水潜幽咽，琴鸣乍往还。长风剪不断，还在树枝间。"古时认为蝉生于泥土洁净无污，蜕变于朝阳，啜晨露，鸣高枝，不争不贪，安和恬淡，这些与生俱来的习性，正暗合中国人为人处世的基本理念。许多文人都有咏蝉名篇传世，或对己以蝉为喻，或对友以蝉相勉。在古老的祭奠中，亲友同道，以玉石雕凿成蝉形，放在逝者口中，既表示对逝者一生操守德行的褒誉，更寄托对逝者来生也能坚守清廉纯洁

居高聲自遠也
乙未初春寫於鄭州
馮傑並記

之则的祈愿。此风初见于西周，盛行于汉魏。在近年发掘的许多古墓葬中，便屡屡发现这样的玉蝉。由此可见，这种独特的祭奠仪式曾为古之时尚，而这种时尚所标志的是一种空灵的精神，是一种高洁的旨趣，是作为人的高尚和尊严。这种古老的祭奠仪式，在许多地方至今仍有流传，只是那玉质的蝉逐渐变作金质的器物、银质的器物了，而含在逝去的平民百姓口中的，就是一枚方孔铜钱了！省察这种变化，会给我们带来几多惆怅，可细细想来，这种变化似乎也无可厚非，也自有道理在其中。是啊，时代在变，观念在变，时尚也在变，人世间的许多东西都在变。恩格斯说得精辟："除永恒变化着、永恒运动着的物质以及这一物质运动和变化所依据的规律外，再没有什么永恒的东西。"

然而这种变化，这种变化的规律是放到相对论所表述对象的无限时空条件下去论说的，在相对于无限的有限时空、有限条件下，也有一些东西似乎是不变的，比如还在我耳边嗡鸣着的蝉声，比如人们创造美好生活和谐社会的不懈努力！

苏东坡考石钟山名谓来历后曾叹道：古之人未余

欺也。此时此刻，念及“知了”之称谓，更感叹古人参禅悟道，意蕴之远，不可企及。人生之大道，造化之至理，可知否？知了，即得道，即真知。此等境界，我等凡浊之辈，怕是用尽毕生心力去修为，去参悟，也是难以达到的。于是，我又想到“知了”的又一称谓：蝉。知了，蝉也！能悟此道至此境者，禅也！

比　喻

认识文字以后，我便扑向所有的文字。从一个字一个句子，到一页纸一本书。从薄薄的书到厚厚的书，从今人写的书到古人写的书，从用汉字写的书到用其他文字写的书。我把我所觅到的用文字写的书，都尽皆拿来，一个字一个字、一个句子一个句子地读。于是我读了一些连成句子的文字，读了一些连成书本的句子；于是我拥有了许多书。但是，像每一个生命个体一样，我不能逾越人生的无常，我要离开这里，离开我的老屋。此时，面对曾经给我知识给我喜忧伴我度过冗长时日的这许多的书，我却幡然醒悟：我不需要这许多。该丢弃的就丢弃吧，它们中间的许多，也许早该丢弃。我所需要的不过三本两本，如此而已。

学会走路以后，我便从家里走出去。脚下竟有这么多路，窄窄的路，宽宽的路，弯弯的路，直直的路。每条路上都有不同的景，不同的物。五颜六色的花，苦涩酸甜的果，婉转啼鸣的鸟雀，争雄斗猛的走兽，无限玄妙的日月星辰，亘古不变的山石田土。于是我一路上张开臂膀，也张开干瘪的行囊，像一个可怜的乞丐，忙忙碌碌地采摘无尽的新奇，捡拾无尽的未知。然而像每一个生命个体一样，我不能逃避时光的消蚀，我累了，我倦了，我已无法迈出轻快的脚步。此时，面对曾经伴我人生之旅给我衣食之需而今已经鼓鼓的行囊，我幡然醒悟：我不需要这许多。丢开这鼓鼓的行囊，或许我还可以在黄昏的旅途上继续走下去。我所需要的仅仅是三件两件，如此而已。

有了意识以后，我便陷入意识的渊薮。我感叹精神之场亦如物性世界，林林总总的思想之树上开放着形形色色的花朵。缪斯们之至美，黑格尔们之至真，释、耶、穆氏之至圣，老、庄之至爱，孔、孟之至善，似伊甸园的苹果，闪烁着智慧的光辉。于是我像破卵而出的鳄鱼，义无反顾地投身知性的河流里，张开每一

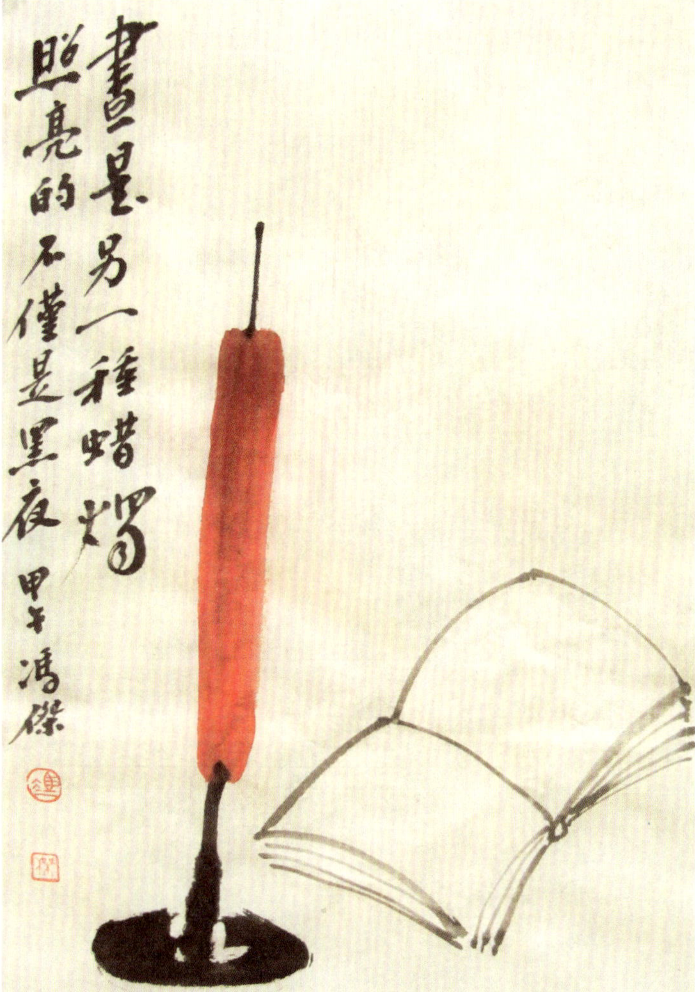
書是另一種蠟燭
照亮的不僅是黑夜
甲午 馮傑

个感觉的毛孔，激活每一个意识的细胞，去寻求意义，去分辨价值。然而像每一个生命个体一样，我有限的心智难以认知无限的价值与意义。此时，面对曾经令我沉醉的精神之花，我幡然醒悟：我不需要这许多。面对浩瀚，我很渺小；面对永恒，我很短暂；面对无限的意义，我只有有限的茫然。我所需要的是身边的这一个“有限”，如此而已。

孤　鸟

总想躲开这缤纷的世界，它的缤纷眩迷了我的眼目；

总想躲开这喧闹的世界，它的喧闹刺疼了我的耳鼓；

总想躲开这嘈杂的世界，它的嘈杂撕咬着我的心腑。

我累了，想找一棵属于我的小树，我渴望孤独；

我累了，想找一泓属于我的小溪，我渴望孤独；

我累了，想找一座属于我的小丘，我渴望孤独。

让这个世界继续演绎它的卦爻吧，我只想享受我的孤独。我知道，只有在这孤独之中，我才能感受到我的存在，我的自由，我的幸福。

拉煤记

写过《致大海》的俄国诗人普希金，是诗人中的哲人，他对社会、对人生的洞察与阐释，往往给人以思想的启迪。“一切过去了的，都会成为美好的记忆。”多年前读到的这句诗，现在还能清楚记得并时常玩味。是啊，我们个体生命所经历过的许多许多，一切一切，经过时间的发酵和过滤，都成了只属于我们个人的“美好记忆”了。比如我第一次拉煤的经历。

上世纪七十年代的第一个年头，我十四岁，正读初中。一个星期六的晚上，村小学的黄校长来家里聊天。黄校长那时的年龄不足五十，但因患慢性肝病，整个人又黑又瘦，显得十分老相。因姐姐在学校任民办教师，黄校长对我们家里的生活状况有较多了解，也给予过一些照顾和帮助。谈话中他对姐姐说："学校食堂的煤烧完了，让你家里人去一趟县城吧，六百斤煤，三块钱运费呢！"家里的男人只有父亲和我，父亲干生产队的活，没有适当理由是不能缺工的。于是，我就自告奋勇去挣这三块钱的"运脚费"。

第二天早上，生产队的钟声敲响的时候，我已拉着架子车赶了几里路了。村子距离县城三十五里，以行军速度步行，一个小时可以走十里路。我一路紧紧张张赶到城郊煤场的时候，已是"牛困人饥日已高"的中午时分了。为了赶着天黑前能回到家里，尽管饥肠辘辘，我却不敢像白居易诗中那位卖炭老人一样稍作停歇，拉着空车挤进长长的队伍里，去等待装煤了。来这里拉煤的多为青壮年，也有几个像我一样年纪或比我更小的男孩女孩，他们都是随着大人来凑凑热闹、需要时帮一把力的。轮到我把车子拉上装煤平台的时候，两个装煤师傅支着铁锨愣愣地看我，惊奇地问："小孩！就你一个人吗？""是，我自己。"师傅说："六百斤，你拉不动，先装一半吧。""六百斤，一斤也不能少，你只管装吧。"说这话时，我语气铿锵，自豪感溢于言表，似乎是有意让旁边的几个小孩听见的。

说几句豪言壮语是很容易的，真正做起英雄来，却没有那么简单了。当我把装了煤的车子从煤场拉到公路上的时候，已经后悔不该逞强，不该挣这三块“苦力钱”了。返回的路尚未起程，我已经大汗淋漓，觉得精疲力尽了。我奇怪装了煤的车子和不装煤的车子为什么会有如此不同。进城来的时候，架子车的钢珠在车轴里轻快地滚动着，发出哗啷啷的脆响，现在却那么生涩沉闷，车轴里的润滑油似乎变成了淤泥，钢珠窒在里面好像不会转动了。正在我垂头丧气的时候，路边的一家小饭馆打起了我的精神，它也提醒我，再不填饱肚子，不要说拉车，怕是走路也走不稳当了。我把煤车支在一边，在饭馆的遮阳棚里坐下来，从口袋里掏出妈妈给准备的干粮。这时，一股香香的、膻膻的气息从店里飘出来，引诱着我探头往里面张望。店主从里面走出来，打量我几眼说：“小伙子，我这店里有羊肉汤有烧饼，比你那黄面馍好吃多了。常言说穷家富路，出了家门哪还能恁俭省啊！”我想也是，我还没喝过城里的羊肉汤呢。就问了价钱，要了两个烧饼一碗羊肉汤。烧饼一毛钱一个，羊肉汤两毛钱一碗，羊肉汤可以续汤，不另收钱。这样算下来才花了四毛钱就吃得满嘴流油了。

到底是年轻，体力恢复得快，美美地吃了一顿，就觉得浑身上下都是力量，再拉起煤车往前走的时候，也不觉得那么吃力了。虽说我没有拉着重车走过那么远的路程，可在家里帮大人干活，拉土拉肥也是经常的事。我一边拉车前行一边盘算：三十里不就是六个五里吗？我拉五里路就歇一歇喘口气，只需歇六歇喘六口气就拉回家了。心里一轻松脚下就出活，还没觉得怎么累，就拉出五六里远了。正当我想着是否按照计划歇歇脚喘喘气的时候，麻烦来啦。前面是一条叫做通惠渠的大河，从我的脚下到通惠渠桥，是一段几百米长的大上坡。这一段坡路我来时走过，应该清楚记得的。来的时候这段路好玩得很，车子推着人往前疯跑，你若不用力撑着地，车子就会把你碾倒在路上，独自跑下去。现在的情况反过来了，是上坡，是装载着六百斤煤的重车。怎么办？没有别的选择，只能鼓足力量拉上去！我歇了好一会儿，又察看了路面情况，就抖擞起精神，奋力往桥上冲刺。大约拉过了三分之一的坡面，力量就用尽了，再不停下来，车子就要拽着我往后退了。我借助路边的水泥墩子把车子停下来，稍微缓缓气力，咬紧牙关继续往坡顶冲刺。如此往复三四个回合，我觉得身上所有的力气已经用尽了，可是离桥面还有百十米距离。我蹲在路面上，看着这一百米坡道，发怵了，丧气了，绝望了。我实在不知道此时我该怎么办。记不得我当时是否哭了，想来在那境况下，能做到的也只有哭了，可是哭又有何用呢？

正在我万般无奈时，一个光着臂膀的伯伯来到我身边，拍着车子的立框说："小伙子，上不去坡了吧？"我一边点头一边打量这位伯伯，他刚拉了一车煤从我身边冲上坡去，在桥头歇息时看到我狼狈不堪的样子，又回过头来帮我了。"快站起来，你在前边拉，我在后边推。"我在好心肠伯伯的帮助下，终于把车子拉上桥头，脸上写满了羞愧和感激。伯伯拍拍我的脑袋说："好小伙呀，这么大年纪，就敢拉一车煤。记住，下次再上这个大坡时，央求个人帮你推一把。"伯伯嘱咐着我，拉起煤车就上路了。在我这一生中，内心深处铭记着许多感动，在许多之中，拉煤路上的这一次尤其深刻。

我在感激感动的情愫中，拉着煤车走完了余下的路程。当夜幕降临时，在拐向村子的路口，我看到父亲已经站在那里接我了。

上帝与虚无

——读克尔恺郭尔

上帝呀，说这个世界是你创造的，你却什么也没有说。可能正因为如此，你才是上帝吗？

为什么要创造世界？为什么要创造一个这样的世界？物质在生灭，生命在接续，人们在发问。你没有回答，你没有启示，你甚至从来无形也无声。你因此才是上帝吗？

也许是你的创造物吧，一个一个的个体的生灵，和一代一代的智慧的人们，你是要他们去感知、去探询吗？若是你给予他们以智慧，你又要他们去感知、去探询什么呢？是你的虚无的伟大还是你真实的无聊呢？我知道，你不会回答；我知道，你无法回答。因为你就是上帝，或者说因为你什么也不是。

既然人类自己的智慧已经证明，生物的生成本来就是物质及其运动的一种耦合、一种机缘的结果，那么，作为个体的存在，也都是物质的、真实的、个性的存在，尽管这种存在物，都是一种个体的偶在，正像克尔恺郭尔所揭示的。那么，上帝呀，你又是什么呢？

因而，作为一个个体，一个偶在但也仍在的个体，我有什么可以向你发问的呢？于是我终于明白，我和可以分解为物质元素的所有存在物都比和你更亲、更近，我和他们一样，是真实的个体偶在。我向你发问什么呢？我有所惑时，会去问空气水滴花草木头，问生生不息的鸟兽虫鱼，问随便遇上的一个个作为个体偶在的人们。偶在的是实在，无所不在的是虚妄！

受伤的兔子

——读厄普代克

我是一只兔子，一只受了伤的兔子，正像我的同类。他们是一只只兔子。我只是不知道，他们是否受过伤，正像今天的我一样。

我受伤，因为我吃腻了身边的野草，向往农家的豆苗、菜秧。我遭遇了那条忠诚的猎狗，于是，我受了伤。

我受伤，因为我受不了又潮又暗的巢穴，向往高岗处的灿烂阳光。我遭遇了那只高傲的猎鹰，于是我受了伤。

我受伤，因为我厌倦了同类间的隔膜淡凉，去寻找那片安抚灵魂的天堂。我遭遇了那个老成的猎人，于是我受了伤。

我还活着，不知道是不是侥幸。不去探寻，也不去胡思乱想，就这样，隐卧在窝穴里，也许，我不会受伤?

三个大嫂

身在红尘，许多记忆都随雨打风吹去，却仍有一些人和事挥之不去，在睡梦乍醒时浮现眼前，比如那三个乡下大嫂。

太行山里的大嫂

我调到太行山区工作时，曾乘坐当地驻军陆航团的直升机在这片两省交界处光秃秃的山地上空巡过一遭。同行的同志说，这里曾是抗日战场，八路军的一个团部曾在下边的山沟里驻扎，至今还有一块石碑在那里竖着，记载往日的光荣。这片光秃秃的山地上有一个叫做“江脑”的村庄，是我的扶贫工作联系点。

在将近两年的时间里，我是这个小山村的常客。至今，我的心中仍清晰地镌刻着山村男女老少那朴实、善良、好奇、专注的表情；支书家里张大嫂做的“捞饭熬”，仍时常勾起我再回一次江脑村的冲动。

记得我第一次去江脑村时，张大嫂倚在她家大门的门框上迎接我们，红头巾下一双清澈的大眼睛墨玉般闪着光。在断定我们要去她家之后，便径直进了厨房。在我和乡亲们聊村里情况时，大嫂几次从厨房里探头出来，大眼睛冲着支书一眨一眨的，明明白白在说：让客人吃饭吧。在大伙争相夸奖大嫂的厨艺时，大嫂脸上洋溢着得意的神情，跟邓亚萍站在冠军领奖台上接受萨马兰奇祝贺时一模一样。她开心地说：“山里没啥好吃的，只要喜欢，下次还来俺家吃‘捞饭熬’！”大嫂说的“捞饭熬”是这一带百姓中午的家常饭，在一只大海碗里，下层放小米干饭，中间放捞面条，上面盛上用肉、蔬菜、粉条、豆腐等混在一起熬出来的大烩菜。

我在村里的考察从这个山村奇怪的名字开始。村名中的“脑”字，村里人说不清它的含义，我以为也无须解释，应是同音的“垴”字之误写；对于前边的“江”字，当地人有一个说法：村里人都姓张，此地方言“江”“张”不分，“江”应是“张”的误读。村里的张支书却以不容分辩的口气说：“胡扯，江就是江，村里祖祖辈辈缺水喝，盼着村前的山沟变成一条江，要不然村子不会叫江脑！”他说这番话时，眼睛一眨一眨的，闪现着太行山人特有的智慧。

因为这里缺水，我们的扶贫也就从解决群众吃水问题开始。那时候，这里的百姓吃的还是自家水窖里的水。我挨家挨户看过他们的水窖，亲口尝过这水窖里的水。水窖是用土灰圈成的留一小圆口的地下土窑，每逢雨季，家家户户都把雨水引到自家的水窖里存起来，大半年的枯水期，人们就靠这水窖里的水过生活了。我不愿描述那是怎样的水，不愿回忆那水的味道。

我协调水利部门和市里几家企业，只用了几个月的时间让江脑村家家户户都吃上了自来水，村子附近的几十亩山坡地也改造成了旱涝保收的水浇地。之后，我们又协调资金和物料，由村民出义务工，修了一条三公里长的水泥路，把小山村与通往山外的公路连接起来。公路修通的当天，就有几户人家买了机动三轮车，做起了贩卖山货、个体运输的营生。

当我和这方水土的感情日见浓郁的时候，接到了去另外一个地方工作的通知。那天，我正在收拾行囊，身边的同志告诉我，市委大门外有一伙农村来的人指名要见我。我来到大门口，第一眼看到的是江脑村的张支书，他身边站着张大嫂和五六个村干部。他们挎着的篮子里满满地装着山楂、核桃，他们是来为我送行的。临别的时候，张大嫂突然朝我招着手，高腔大调地喊着："再去俺家吃顿饭吧！"我的眼睛一下子湿了……

十几年过去了，再也无由踏访太行深处的这个叫做江脑的小村庄，只是时常在心里惦记那里的乡亲们。愿村里的水更甜更纯，通往村里的路更平更宽。

澧河岸边的大嫂

我不知道这位大嫂的姓名，也记不得她所生活的那个村子的名字。我只去过这个村子一次，和这位不知其姓名的大嫂也仅仅见过两次面。

村子在澧河下游的右岸。澧河是一条发源于伏牛山脉，河道蜿蜒狭窄，水质却清纯甜美的河流，由于防洪标准偏低，两岸的村子经常闹水灾，这一带就成了这个地区农村扶贫工作的重点。我刚到这个地方工作时，正值“双节”前夕，第一项活动就是慰问农村特困群众。我来到澧河岸边的这个村庄，走访了几户村民，最后来到这位大嫂家。比起其他几户人家，大嫂家里的贫困状况更甚一些。除了水患影响土地收入的共同原因，这位大嫂家还有特殊的情况：大嫂左腿有残疾，而她的丈夫患先天性心脏病，不能从事重体力劳动，不能像别人家的男人那样农闲时外出务工，日子自然就过得更加困难。看到这个家庭的情况，我和同行的干部都很同情，当即决定给他们家发双份慰问品和慰问金，并要求民政部门把这个家庭列入市里的重点救济对象名单。

第二年冬天，市里安排检查农村重点扶贫项目，我又来到澧河右岸，走访了省市县三级扶持的几个贫困村，察看了帮他们建的香菇种植和反季节蔬菜项目。在回去的路上，司机突然停下车，说：“前边有人堵住路了。”在窄窄的乡村道路上，果然有一辆人力三轮车横在中间，车子上坐着一位头发散乱的中年妇女。

每個果子
都能代表
秋天
甲午末

我以为遇见了上访的群众，便下车想去问个究竟。近前一看，竟有几分眼熟。正当我犹豫揣测时，那位中年妇女冲我笑着，说："还认识俺不？去年春节，你去过俺家。"

啊，是那位左腿有残疾的大嫂！

大嫂见我认出了她，又爽朗地一笑说："你忘了吧？那就是俺村，你看的蔬菜大棚就是俺村的。刚才俺就看见你了，怕你不记得俺了，没敢和你打招呼。"

再次见到这位大嫂，我分外高兴，但是在此时此境的不期而遇，又使我产生几分疑惑：莫非大嫂家也有什么冤情，或是生活中增添了新的困难？在我思量着该如何应对眼前的情况时，大嫂从车上跳下来，一条腿拄着地，一只手扶着车厢，另一只手从车厢里掂出一个塑料袋，递到我面前，说："这是俺家大棚里摘的黄瓜，俺想让您尝尝鲜！"看着眼前鲜嫩鲜嫩的黄瓜，我的心被深深触动：我们为大嫂家所做的，无非是工作责任，大嫂报答我们的，却是如此真挚的感情。我们尽到责任了吗？大嫂家仍然过着艰难的日子，这里的百姓仍未脱贫！

在我思量着袋子里黄瓜的分量时，大嫂已经跳上她的三轮车，用那条健康的腿蹬着脚踏板，吃力地往前走去……

城市边缘的大嫂

本世纪的元年，在处理一起群体信访事件时，我认识了这位大嫂。

市里的一家国有造纸企业破产了，在确认企业正式职工身份的时候，一些职工联名反映厂里个别领导把自己的亲属列入职工名单，骗取买断职工工龄专项经费。联名信上第一个签名的，是一位姓刘的职工。为了核实情况，在破产领导小组同志的陪同下，我来到这位刘姓职工的家里。正是这次访问，使我了解到，和我们在同一个城市生活的，还有一个这么贫困的家庭。

老刘因患小儿麻痹，一只脚失去了功能。他能到这个企业谋到正式职工的身份，是因为接父亲的班。正是因为市民和国企职工的身份，他才娶到一个身体健康手脚利索且有几分姿容的妻子。大嫂是农村姑娘，为了改变身份和命运嫁到城里，和肢残的老刘组成了一个家庭。嫁到老刘家是否真的改变了自己的命运，是一个言说不清的事情；能说清的是，大嫂从此变成了一个没有身份的人。她从农村嫁到城里，村里收走了她的责任田；她嫁到城里，却又入不了城市户口，因而也就无法在城市就业。这位大嫂就这样尴尬地生活在城市和农村的边缘，照顾着丈夫，照顾着女儿，照顾着这个一贫如洗的家。女儿已经上初中了，家里的花销不断增加，收入却因老刘所属的企业破产而几近断绝。

“孩子上学，花钱怎么办？”我随口问了一句，是发问也是自语。老刘叹息一声，欲言又止。大嫂说：“本来打算上完这个学期就算了，前几天学校老师来家里，说这孩子学习好，不上学太可惜。”他们正在给孩子申请特困生补助，申请到了，就让她接着上学。

“大嫂身体这么好，也应该找一份工作呀。”我面对大嫂提出了我的疑问。大嫂说：“前些年找工作凭的是户口，我的户口在农村，不能在城里安排工作。这几年不讲户口了，年龄又大了，还是不好找工作。我除了照顾孩子上学，隔三差五地上街卖菜卖水果，要不然家里吃饭都成问题了。”随随便便的一问，竟在心里压下了一块至今仍未移除的重物，却也使我知道了在我们的身边，还有这么特殊的边缘群体，还有一个个各有各的不幸的人们。

我向老刘询问了信里反映的问题，带着沉重的心情回到机关。几天后，老刘家接到有关方面的三个通知书：一个是给他家女儿的《特困生补助通知书》；一个是给老刘的，通知他到纸厂财产看护队上班；一个是给大嫂的，通知她到市林业局绿化队办理合同工手续。从此，她在这个城市里终于有了职工的身份。

离开这个城市将近两个月的时候，我接到了刘大嫂的电话。她说，刚刚听说我调往省里的消息，不打个电话，心里不太踏实……

蒲公英

没有牡丹的华贵，没有荷花的娇艳，没有茉莉的芬芳，没有幽兰的馨香。你只是一种黄黄的、普普通通的野花，在野草丛中生长着、开放着。

豪宅里没有你的身影，名园里没有你的位置，甚至文人雅士的诗篇里、画卷里也找不到你的名字和形姿。你只是一种小小的、普普通通的野花，在荒原上在小路边生长着、开放着。

然而，也许是因为同样的普通吧，你却同许许多多美好的风景和情愫一起，生长在、开放在我的心田里。我记得豫东平原上有一所十分简陋的小学，院墙是泥土夯的，教室是土坯垒的，课桌也是用土灰抹的。

在教室的一角，在一个小女孩的发髻上，我看到一朵蒲公英的小花在绽放着。

我记得在太行山深处的一家院落里，住着一位朴实勤劳的大嫂，她用山中所产的米、面和野菜做的“捞饭熬”至今仍牵动着我的思念，每次去村里看望乡亲们，她在厨房里、院子里忙忙碌碌的身影总是深深地感动着我。在她家小院围墙的石缝里，也开着一丛蒲公英的小花。

我还记得，在豫南，在澧河岸边，我曾见到一个肢残的农妇用她的一条健康的腿蹬着三轮车，拉着一袋红薯进城去感谢给她的生活带来些微希望的“恩人”。在她走过的乡间小路上，星星点点地开着蒲公英的小花……

于是，我常常想，也常常梦，我希望能拥有一个不大的园子。在这个属于我的园子里，我将撒满蒲公英的种子。在莺飞草长的暮春季节，我的园子里会开满小小的、黄黄的蒲公英的花。

那些綻放的花朵最後都變成
一柄柄小傘再從東西方傘上都坐着一個
童年的夢 乙未初春於鄭時寫夢 馮傑又記

向日葵

鸟雀忙着筑巢，艾蒿早已枯萎。你感受着季节的律动，你知道秋日将尽，你将归去。

像所有春来秋去的草木，你的生命平凡而短暂。不同的是，在你的生命履历中，平凡并不卑微，短暂并不空虚。

在黄河岸边这片贫瘠的土地上，你用沉甸甸的果实回报大地，感念她的恩德，演绎着天伦的尊严；面对孕育万物的太阳，你抽出长长的茎秆，托起灿烂的花团，送上你谦恭的赞礼，你的虔诚给人类中最虔诚的信徒以启迪。

你的花已凋谢，叶将摇落，那是你对大地的回归。

你的果实也将撒向大地，那是你的生命和尊严的延续。来年，它们会像你一样，抽出长长的茎，开出灿烂的花，向太阳送上虔诚的赞礼。

门　槛

起于地中海的秋风凉了，弱了；蓝色清真寺黄金穹顶上的阳光柔了，暗了；索菲亚大教堂前的游人少了，倦了。然而，我却不愿离去，此刻，大教堂这道沧桑的门槛，是我思绪和镜头的聚集点。

在这纷争不断的世界上，土耳其曾经是一道门槛。跨过这道门槛，成吉思汗的子孙们曾把西方世界践踏得七零八落；有了这道门槛，有了奥斯曼的铁骑兵，才有了大半个东方的安适和尊严。

在这个文化多元的世界上，君士坦丁堡曾经是一道门槛。罗马帝国跨过这道门槛，建了这座辉煌的大教堂，供奉他们的圣母玛利亚；奥斯曼帝国夺回这道门槛，建了一座同样辉煌的清真寺，一座伊斯兰教众礼拜真主的圣殿。在君士坦丁堡，这两座神的殿堂并峙耸立，只相隔着这一道门槛。

在这个精神迷乱的世界上，教堂是一道永恒的精神门槛。这磨去了大半的门槛见证的不仅是沧桑的岁月，更是人们对于神、对于岁月的祈愿。

欠交的学费

人的思维是难以捉摸的。且不说捉摸他人的想法，相知之难是我们常常发出的感慨。即使是自己的思维，也是无法揣测的。此时，我正躺在舒服得酥了筋骨的床上谋划下一个旅行线路，突然想起故乡，想起童年，想起第一次交学费，不禁哑然失笑：嘿，我还欠着五毛钱学费呢。

我的故乡在豫东平原，一马平川，绝非僻壤。但却是十足的穷乡，特别是在二十世纪六十年代遭天灾人祸“洗劫”之后。一个夏末的上午，我穿着一件再简易不过的遮羞短裤，赤着脚，和一群与我扮相相同的伙伴在街头玩耍，一个大个子哥哥喊着我的乳名，远远地和我打招呼。他是我的一个朱姓邻居，按街坊辈分，我称他哥；论年纪，他已是二十多岁的人了。这个大哥不仅个子高，又生得浓眉大眼，高高的鼻梁，即使按时下的标准，也是一个帅男。大哥拍拍我理得像茶壶盖子一样的头说："别玩了，都这么大啦，该去上学了。""上学，去哪儿上学？""去哪儿，去学校！"我犹犹豫豫地说："我得回家问问我妈。""问啥问，俺婶还会不让你上学？走吧，我领你去，和俺家玉英做个伴。"玉英是他侄女，和我同岁，按辈分也是我的侄女。就这样，不容分说，朱家大哥一手拉着侄女一手拉着我，朝远方的镇子走去。

从来没有出过村子的我，不知道还有比我们村子更大的村子，不知道有这样一个叫做学校的地方，不知道学校里有这么多的孩子。孩子们都在校园里排成队，等候被叫去教室里问数。"问数"即入学测试。想来当年入学也真的太容易了，就是被叫去当着老师的面数数自己的手指头，数对了，证明你不憨不傻，就算合格了，可以报上名字入学了。像我这样有过那一段经历的人，都特别可怜、特别心疼现在的孩子们，也特别可怜、特别心疼现在这些孩子的父母。

我被叫到教室里的时候，已经知道测试就是数十个数这么简单的事，胆子就壮了起来。老师说："数数你有几个手指头。""十个。"我不假思索地回答。"叫你数一数！"老师瞪着我大声喝斥。我立时明白我把老师说的"数数"听作"说说"了，就赶快数出了一到十的手指头数。老师看我数得流利，又问："还会什么？"我像受了鼓舞，非常得意地背起乘法口诀。爷爷读过私塾，是村里的先生，这是爷爷教我的，我已经跟爷爷学到了一百以内的加减乘除。老师高兴地笑了，像发现了一个宝贝似的，没等我背到三七二十一，就说："好了，别背了，快交钱去吧！""交钱？上学还交钱？交多少钱？""一学期五毛。记着，来上学的时候可不能只穿个裤衩呀！"老师说完忙着测试别的孩子了，我却站在那里，蒙了。我两手空空，哪里来五毛钱哪！

从教室里走出来的时候，朱家大哥扯着他侄女，正在校园里等我。大哥手里拿着五毛钱说："快去报名，玉英都报过了。"我说："要交钱我就不上学了。"大哥哈哈笑着说："上学咋能不交钱呢，这五毛钱，我替俺婶交了，等你长大有了出息再还我。"

我就这样糊里糊涂地上了学，并且从此一发不可收拾。是否出息了？不知道，这是一个很难说清楚的问题。能够说清楚也记得清楚的是，我的第一次学费是邻居朱家大哥替我交的，那五毛钱，我至今仍欠着。

在路上

行走在路上。形影相吊的，我不知道我是谁。一直这样踽踽独行在路上。好似一头野象，行走在无边无际的非洲荒原上。经历了那么多的风霜雪雨，走过了数不尽的沟坎坑塘。

行走在路上。行色匆匆的，我不知道去何方。一直这样踽踽独行在路上。好似一个游方僧，行走在佛陀的指掌上。行囊里装着一颗滴血的心和一些散乱的思想。

行走在路上。真真切切的，不留愧悔也不虚妄，人间之至道知行之至理尽在脚下的路上。我知道路的尽头，定有清风、明月，有清清的溪水，有小鸟在歌唱，还有红的、黄的、紫的花，在迎着阳光开放，正像这条路的起点，我的故乡。

雪　原

我扑向这片静谧的雪原。闭上眼睛，任清冷的风吹透心脾，吹彻周身。槁枯的心绪，青苍的断发洒落在脚下的雪霰中。我听到了它们一起随风飘去的沙沙声。

我扑向这片静谧的雪原。闭上眼睛，任思绪像远方的马群，自由驰骋。故乡升腾着炊烟的茅屋，单纯而又生动的童年故事，雪片似的浮现眼前。于是，暖意滋生，在这茫茫雪原，我有了家的感觉。

我扑向这片静谧的雪原。闭上眼睛，任想象舞动翅膀，穿越时空。这里是先民逐鹿的猎场，这里有秦时明月曾经照临的边城。那石簇中可曾见将军白羽？

那雪丘下掩埋着壮士角弓？

牧马啃啮着被风吹出的枯草，白桦舒展着玉女般的身姿，雪原变幻着冬晨的光影。这般宁静。

幻　河

我的心惴惴不安，为寻找那条梦幻中的河。于是，我在长江上航行，看千峰竞奇，淡云出岫；看日出江花，月下渔火。听惊涛拍岸，松风幽咽；听晨起鸥鸣，晚来渔歌。我赞叹它的浩瀚，像一个伟大民族涵太极表八荒品格精神一样的浩瀚；我赞叹它的壮阔，像一个伟大民族五千年文明历史一样的壮阔。

我的心仍惴惴不安，为寻找那条梦幻中的河。于是，我溯流而上，跋山涉水，来到这片神秘的雪域高原。感谢上苍，像浮士德博士看到大海，我找到了我梦幻中的河，就是这条覆着白雪，飘着冰花，绕着睡石静静流淌着的小河。

像婴儿找到母亲的怀抱，我扑向这条梦幻的河。掬一捧乳汁般纯洁甜美的河水吧，让它的清洌洗去我身的疲惫、心的干渴。

给爷爷祝寿

农历九月十三，是爷爷的寿辰。在我们家里，这是个非常重要的日子。爷爷共有兄弟五人，兄弟中爷爷最小。在我记事的时候，爷爷的兄长们都已过世了，爷爷当然就成为这个家族的族长。爷爷又有五个儿子，到了我们孙子辈，就是蔚为壮观的一个族群了。爷爷的寿辰，是我们这个大家庭团聚的日子，是家族的节日。

似乎不是出于虚荣的原因，我觉得，在孙子辈中，我特别受到爷爷的宠爱，我和爷爷的缘分最深。在这里我之所以使用“缘分”这个词，是因为有些情节事项的发生不用这个词就难以说清。就说和祝寿相关的几件事情吧。

爷爷六十大寿那年，我还未上小学。记得我当时的主要“活动”就是这么两件事：晚上跟着爷爷到处去听评书听坠子，白天跟着爷爷在我们家的果树园里颠颠跑跑，逮蛐子捉知了。我们家有一片四五亩地大的果园，由父亲和他的兄弟几家共有，在紧靠村子的东边。按照当年的政策，这片果园是作为自留地保留下来的。果园里有桃、梨、杏、李、柿子、核桃等各种果树，记得果园里有一棵古老的柿子树，爷爷说那棵树是他的爷爷栽种的。

爷爷的生日就要到了，母亲已经为这件大事忙几天了。我照例跟着爷爷在果园玩耍。时令已经是晚秋了，园子里的果子陆陆续续地差不多采摘完了，只剩下几棵柿子树还硕果满枝。知了们短暂的寿限已满，也听不到它们此起彼伏的吱吱声了，但是有一种在我们家乡称作“伏鹩”的小东西却还在枝头鸣叫。这小东西应是知了的一个亚属，形状和知了一样而形体较小，羽翅和全身均呈灰褐色，和晚秋果树老枯的树皮浑然一体。比起知了来，它的叫声也显得细弱。此刻，一只伏鹩的吟唱吸引了我。我平心静气判断了一下声音的方位，便向果园里的几棵秋桃树走去。桃子早已摘过了，桃树的枝叶却依然繁茂，油绿油绿的，直垂到地面上。我轻轻拨开树枝，蹑手蹑脚地蹭进里边，想逮住这只伏鹑。突然间觉得脑袋碰住了什么东西：不会是树枝，没有那么硬；也不会是树叶，明显有一种重重的感觉。回头看去，我简直不敢相信自己的眼睛：在稠密的树叶的包围中，一颗秋桃裸露出顶尖部分。桃子的顶尖红红的，向里面凹陷着，像迷人的笑靥一般。我用手拢起树叶，一颗又大又白的桃子呈现眼前：白得透亮透亮的，泛着光，大得像过春节时母亲蒸的馒头一般。我正要随手摘下，忽然想到应该喊爷爷来，让爷爷欣赏欣赏我的发现。

恰在此时，母亲来到果园里喊爷爷和我吃饭。我就先领着母亲看了我发现的这颗桃子，母亲赞叹没见过这么大这么好看的秋桃。接着母亲说："留着它，明天再摘，明天是你爷爷的生日，当寿桃吧！"

我按照母亲的吩咐，第二天上午才把这颗桃子连同枝叶一起摘下来，在爷爷的寿宴上把它献给了爷爷。爷爷惊喜地问："哪里弄来的这么新鲜的桃子？"我说："就在咱家的桃树上。""我整天在果园里转悠，怎么就没发现？"爷爷欣赏着桃子，把这句话重复说了几遍。

那一天，爷爷收到许多贺礼，好吃的，好喝的，好看的，好玩的。我以为最让爷爷开心的，是我献的寿桃。

五年后，爷爷过六十五岁生日的时候，我已是镇小学四年级的学生。村子离镇小学直线距离有三里。村和镇之间有一条大河，这条河现在是豫东平原上一条普普通通的季节河，在隋唐时期的历史上却有着非常大的名气，产生过非常大的影响。官称惠济河，民间称谓运粮河，是隋炀帝时动用百万民工开凿的南北交通大动脉。“尽道隋亡为此河，至今千里赖通波。若无水殿龙舟事，共禹论功不较多。”这首唐代皮日休的诗所点评的就是这条河流。河的上游接汴水至黄河，下游入泗水至瓜洲，宋人“汴水流，泗水流，流到瓜洲古渡头”所描述的也是这条古老的河道。在我刚记事的时候，这条河还通航运，每年的这个时节，还可见南方的渔民赶着鱼鹰溯河而上来这里捕鱼。河的上游有一座桥闸，若绕道桥闸去学校，要多走一半路程。我们这些男孩子多不愿绕行，就把衣服和书包举过头顶，蹚水或凫水过河。

那天上午放学后，我掂起书包急匆匆地往家赶，心里惦记的是爷爷的寿宴。当我跑到河岸上的时候，看到河里许多人在忙着捉鱼。我立刻想到：河里过鱼了。“过鱼”，其实是河里的鱼因缺氧而从水里浮出来，一会儿把嘴巴露出水面喘息，一会儿把整个身子跃出水面。惠济河里每年晚秋时节都要过一回鱼，是什么原因使这些鱼儿无法在水里生活，我至今也没弄明白，大概是水里杂草一类的植物腐殖质过多，破坏了水质。那时河的两岸还是地道的农业社会，没有现在这些会排泄污水的工厂。现在两岸倒是有了形形色色的现代化的标志，惠济河却不再过鱼了，河流干涸了，偶尔有水流淌，也全是黑乎乎臭哄哄的水，任是什么样的鱼也不敢“过”了。

我赶忙脱下衣服游过河去，把衣服和书包扔到河滩里，就加入了捉鱼的队伍。大人们拿着袋网站在深水处，看到露出水面的鱼头鱼脊背就用袋网捻，我们小孩子和赤手空拳的只能在水边抓。缺了氧的鱼就像喝酒晕了头的人一样，并没有完全失去行动能力，在水里赤手抓到它也是很难的，那就看你的技巧和运气了。我在水边上东扑西抓忙了一阵子，全让鱼儿从手下溜走了。周围不断传来别人抓到鱼兴奋的呼喊声，我心里着急了。我停下来，观察了一下别人逮鱼的动作和水面的情况，就悄悄来到一处下边有一个水洼的河岸边。我看到水底下不断有浊水泛上来，断定这里一定有鱼。定了定神，我深吸一口气，整个身体从里向外扑向小水坑。果然，一条鱼碰了一下我的胸脯，被荡起的水波推到水边，我双手和胸脯并用迅速压过去，终于，这条鱼无处脱身了。我摸到鱼鳃把它掐出来，是一条大鱼，足有两斤多重。在这条河里很难见到这么大的鱼。

当我用柳枝提着鱼回到家里的时候，一家人都乐坏了。母亲从厨房里出来，惊叹："这么大一条鱼，买也买不到啊！"姑父笑着说："正想着今天吃不上鱼了，有口福啊！"爷爷看着我，笑得很灿烂。

最后一次给爷爷祝寿，已经是上世纪九十年代。那时，我已先后在省委和政府机关工作多年，很久没有回过老家。不知道为什么，有段时间，爷爷时常出现在我的梦中。那年他老人家九十二岁，已是风烛残年。我给家里打了一个电话，说今年要回家给爷爷祝寿。

在离爷爷的生日还有几天的时候，家里来电话让我赶快回去，说爷爷天天念叨我。我只好请假，这是我做领导秘书期间第一次，也是唯一一次请假。领导不仅准了我的假，还从家里拿出一瓶好酒和一棵东北参送给我，嘱咐我带回去给爷爷。

万万没有想到，我回到家里的时候，爷爷已经在病床上躺了一个星期。家里人告诉我，爷爷受了点风寒就一病不起了，吃药打针也不见好转，大夫说爷爷的病是“老病”，别再让他受罪了。爷爷自己也明白得很，说他没有什么放不下的事，他知道自己该走了。爷爷看到我跪在他面前的时候，像往常一样安静地说：“孩儿回来啦。”似乎很高兴，很欣慰，脸上露出慈祥的笑容。我随即拿来那瓶好酒和那棵东北参，说：“爷爷，这是我的领导让带回来，给您祝寿的。”为了让爷爷高兴，我炫耀了一次。接着，我把酒瓶打开，倒出小半杯酒来，端到爷爷嘴边，让爷爷尝了尝，又让母亲把那棵东北参切成片，掺了红糖在锅里熬成汤，一勺一勺地喂爷爷喝下去，希望这神奇的药材能带来奇迹。

傍晚，我要返回省城了，来到爷爷床前和他道别。爷爷握着我的手说：“孩儿啊，赶快回去吧，别误了工作。”停了好一会儿，爷爷似从遥远的回忆中转过神来，语重心长地说：“现在，国泰民安，大好时光，好好工作啊。”几天后，家里打来电话说，我从家里回去的第二天，爷爷就安详地离开了这个世界。

后来，母亲对我说，爷爷为了见我，为了给我交代几句话，才强撑着多活了几天。

故　乡

故乡之于我，是一缕抽绎不尽的情思，是一首深情款款的长歌。凭栏赏雪时的惬意，仲秋月圆时的吟哦，情愫沉郁时的喟叹，幽梦乍醒时的惆怅，是组成这首长歌的音符。

故乡之于我，是一组絮叨不完的讲给儿女的故事。故事中有清澈的河水，温暖的炊烟，逐兔的猎鹰，牧羊人的响鞭；有秋阳下飘在天空挂在树梢的“天丝”，仲夏夜闪闪烁烁却让你永远追不上摸不着的“鬼火”。

故乡之于我，是一只五彩斑斓的翠鸟，而我的心是一只密闭的木盒。我把这翠鸟珍藏在我的木盒里，翠鸟美丽的羽毛对于我是一种永恒的诱惑。但我不敢打开这木盒，我怕它飞走，又怕看到的不是原来的它。

已識乾坤大
應憐故土情
壬辰年初
鴻傑

炊　烟

把羊群赶上山坡，任它们去寻找雪下的枯草吧，我也找一块石头坐下来，回望我的村庄，那蒙蒙晨霭中，炊烟升腾的地方。

我迷恋山村的每一个院落，迷恋一个个院落里飘出的炊烟。晨起的炊烟暖暖的，像母亲的抚爱；午时的炊烟甜甜的，像村前小溪中流淌的泉水；黄昏时的炊烟亮亮的，像晚霞中舞动着条条丝带。

我热爱我的村庄，我的家，我和我的羊群在那里出生，在那里成长。我知道每一个炊烟飘动的院落里的故事，知道院落里有几头牛、几只羊，知道袅袅炊烟如何烘托着山村的生机，如何激荡着每一个男人女人、老人孩童心中的期望。

听说山外有很高的楼、很长的桥，大街上有礼花般的霓虹灯，网吧里有梦幻般的西洋景。我知道，这样的花花世界是他人的，飘荡炊烟的山村，永远是我的世界中最美的风景。

月　光

徜徉在这雪原的晨曦中，感受着月光清冷，月色朦胧，白桦无语，雪原沉静。此时此刻，我方相信人世间确有至纯至美的物景，我方相信悠悠寸心与浩瀚宇宙相合相融。

徜徉在这雪原的晨曦中，我在想，婴儿坠地睁开双眼时看到的就是这样一个世界吧；恋人相携、海誓山盟时祈盼的就是这样一个世界吧；贝多芬谱写那首不朽的《月光奏鸣曲》时就将自我融入了这样一个世界吧；深藏于诗仙李白心底的就是这样一个世界吧！因为我深信，至纯至美的物景，只存在于至纯至美的心灵。

徜徉在这雪原的晨曦中，像雪花轻吻脸颊，往昔的回忆激起我心中缕缕温情。月光也是这般清冷，月色也是这般朦胧，伙伴们呼着暗号在村头集合，嬉闹着、哆嗦着赶去学校晨读；母亲拉响风箱准备一家人的早餐，炊烟在农家小院袅袅飘动；父亲扫过庭院又在村街上甩动着他那年轻健壮的身影，从村头到学校，我都听得见扫帚划着积雪冰土的嚓嚓声。

玻璃燈罩
童年的记憶
我曾看到過如此的燈光
以夢追憶四十年前舊事也
二零一五年春夜寫於鄭州
馮傑並记

穷家之乐

或许是个人的心性特点吧，一直以来，我较多考量人生目的与意义命题，且以为人生的幸福与物质的匮乏或富裕并不存在正相应关系。这种观念的形成与书本无涉，盖出于自身之生活体验。

贫穷落后的豫东农村和灾害频仍的二十世纪五六十年代，是我少年时代生活的时空坐标。与当今的孩子相比，物质方面显然有天壤之别，自由、快乐与身心健康成长方面，却没有那么大的差别。甚而至于，由物质短缺而激发的寻求感官满足的意志与技巧，恰恰具有独自的特点，并因此转化为独有的精神财富。不知道若干年之后今天的孩子们会不会时常回味在父母亲带领下吃麦当劳、星巴克的经历，而我则时常想起少年时代有关“吃”的故事。一年四季，“吃”趣盎然。

枪子换美食

家乡方言，称子弹为枪子。在我的少年时代，故乡以风沙盐碱最为闻名。地处黄河故道，常年多风少雨，土壤沙化，耕地贫瘠。种一葫芦打两瓢固然是夸张之言，正常年景一亩好地块的收获也不到一百斤麦子。遇到灾年，则往往颗粒无收。灾有很多，旱灾为最，所谓十年九旱。雨水少，但降雨时节往往集中在晚秋，一季庄稼全泡在水里的景象也时常发生。还有风灾，到了农历二三月份，正是小麦的返青、拔节时节，大风往往就应时而来了。大风刮过，飞沙漫天。沙只是换了换地方，对于满地的庄稼，则往往是劫难。一些地方的麦子根都被吹了出来，麦苗更成了一团柴草；一些地方的庄稼和树苗则被埋到沙堆下面去了。这时节是家乡最为困难的所谓青黄不接的季节，不去异乡讨饭能熬得过去的就算是好人家了。而此时，则到了少年们寻外快挣小钱的时候了。原来我们家乡曾是当年淮海战役前奏——睢杞战役的主战场，惨烈的攻防战在这里打了几天几夜，长辈们描述当时的情景往往说，“天都打红了”。大战早已成为共和国的历史了，交战双方射出的子弹则在大风过后沙尘去后裸露出来，成了我们捡去卖钱的废铜烂铁。遇到沙尘天气，如今的孩子都躲到屋子里，把门窗关得严严的；那时的我和伙伴们则兴奋非常，纷纷跑出去，跑到风沙里，跑到荒野里，还把眼睛睁得大大的，盼着能多捡到一个枪子、一个弹壳。运气好的时候能捡满满一兜，那就是发财了，回到家里把弹壳用铁勺子盛了，放火上一烤，里面的铅便和铜的外壳分离开来，这样拿去废品店就可以卖个好价钱。孩子们的这些收入家长一般是不过问的，这是我们的小贴己，等到附近村镇有了集、会的时候，伙伴们便相约而去，买一碗豆沫汤，买一个热烧饼，买几只水煎包，回来时再买一棵甘蔗啃着，开心又解馋，那份得意简直无以言表。

当然，也会有意外发生。我们邻村有一个年龄比我们大，胆子也比我们大的小伙子，捡到一颗炮弹，他把炮弹鼓捣开倒出里面的炸药，想拿炮弹壳去卖钱。

在这个过程中，不知哪儿出了闪失，倒出来的炸药轰的一声燃着了。炮火过后，他就落下了残疾，人们再也见不到他的本来面目了。

田野瓜果香

家乡有句俗话，叫做“土里刨食”。大体是说人们用以果腹的果蔬稻黍，皆得自土地。再贫瘠的土地，只要人们去耕耘它，或多或少它总会给人们以收获。生在农村的孩子，田野便是书本，便是舞台，便是疆场。

当时农村实行的是集体经济，地里的庄稼是大家的，不属于任何个人。因此孩子们偷吃地里的东西，看护庄稼的人也都是睁只眼，闭只眼，家家都有孩子，谁也不去较真儿。集体的果园是我们经常光顾的地方，从桃杏生涩的初夏到梨枣熟透的晚秋，我们总能在这里吃到新鲜的水果。我们在家里的任务就是给猪、羊打草，每天上午和下午，大人们去参加生产队劳动的时候，我们也提上篮子，结伴来到田野里。我们总是先把各自的篮子填满青草就开始摔跤打闹，累了饿了

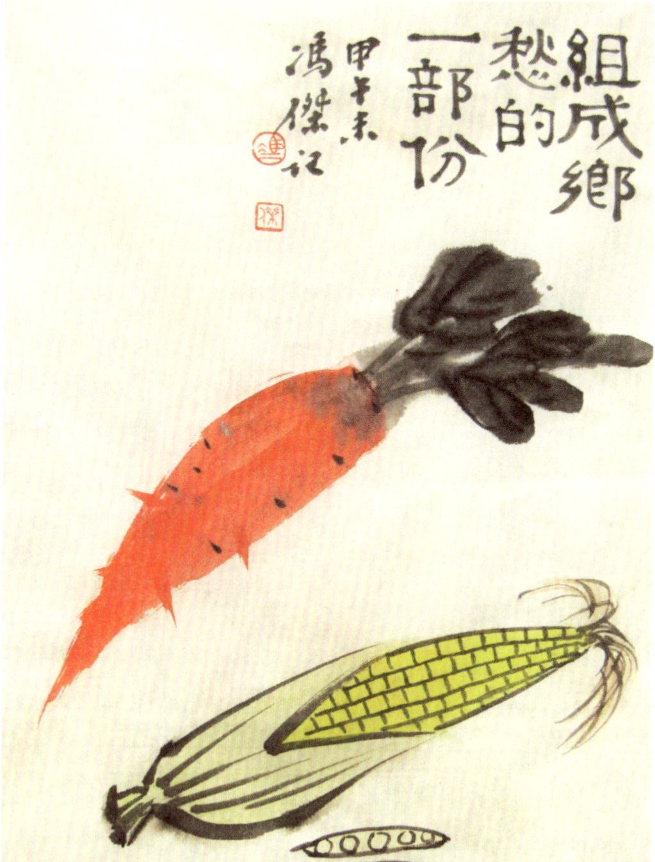
組成鄉愁的一部份
甲午末
馮傑記

就去田地里寻吃的。能吃的东西很多，菜地里的黄瓜萝卜，庄稼地里的红薯花生，还有玉米棒子毛豆角。有两种“小吃”是我至今仍念想的。一种可称作葱叶灌芝麻。就是掐一个又肥又壮的生葱叶，再拔几棵长熟的芝麻，将芝麻籽从角里倒出来，拣干净了灌到葱叶里面，就算做好了。方法简单得很，吃起来却是又香又辣又鲜，不亚于现在那些酒店的任何一道名吃。再一种可称作焦土焖花生。就是在地上挖一个瓮形的小坑，坑的一边留出火道，将挖出的沙土用手握成一个一个的土团子，再把这些土团子码到坑口上边，码成穹顶。这时候就捡些干柴来，点着顺着火道放到坑里烧，一直烧到上边的土团子干了，焦了，准备工作算是做完了，下面就可以往里面放花生了。花生要从土坑的上边和烧焦的土团子搅和在一起放到坑里。最后再用沙土封在上边，半个小时后花生就焖熟了。用这样的土方法焖出的花生，又香又面，还透着一种独特的焦土的气息。后来我品尝过用许多种不同做法加工的花生，我觉得最地道的还是焦土焖花生，遗憾的是我再也没吃到过这样的花生了。

当时，西瓜和香瓜是所谓的经济作物，瓜园是生产队派专人日夜看管的，但是看管再严也难不住馋嘴的男孩子们。天一黑下来，大家便聚到一处，商量着到哪块地里去摸瓜吃。每次行动，都经过周密的计划和分工，像当年的游击队一样。这样接近实战的猫鼠游戏，既锻炼了我们的胆识，也锻炼了我们的协调配合能力。当然，也有行动失败被抓现行的时候，所受的惩罚就是家长做检讨后把孩子领回去。

四季觅野味

村子的前边有一片树林，这片树林从西北到东南，沿着黄河故道的沙土地，绵延几十公里，横亘在商丘和开封两个地区的接壤地带上，据说属于省里直接管理的一个国营林场。我们村位于林场的最南端。正是这片树林，为农家孩子提供着四季美味。

春荒的时候，鸡子开始下蛋。孩子们都知道，鸡蛋是家里重要的收入来源，是用来换油盐酱醋的，不到过生日的时候，是不能吃鸡蛋的。但是，鸡子下蛋时，鸟儿们也下蛋，于是鸟蛋就代替鸡蛋成了春荒时孩子们的美味，只是鸟蛋并不像鸡蛋那么容易捡来。鹭鸶和喜鹊等体型较大的鸟在大树顶端的枝杈上筑巢，一种貌似斑鸠而体型较小，我们称作“马朴楞”的鸟则以树洞为巢。为了掏鸟蛋也为了砍树上的干柴，孩子们一个个都练就了爬树的基本功。一棵十几米高的大树，用一只胳膊抱着树，另一只胳膊挎着绳子、砍刀等，几分钟时间就能爬到树顶。

夏天和秋天，是孩子们最为得意的季节。盛夏，知了的叫声在林间响起的时候，我们又有新的美食了。每到傍晚，知了的幼虫（我们称之为爬蚱）便从地下钻出来，找到最近的树干往上攀爬。我们便也在这时出动，提着煤油汽灯，一棵树一棵树地逮爬蚱。时间久了，我们对哪片林子爬蚱出来得早、哪片林子爬蚱多都了如指掌。我的一个伙伴是村里逮爬蚱的高手，他一晚上能逮几百只，除了满足自己家里人吃，还能拿到县城去换钱。

到了深秋阴雨连绵的季节，林子里就会长出一丛丛一窝窝的蘑菇来，采回家去炒一炒，或者做成酱，又成了一家人的美食。

冬天来临的时候，大人们做完了一年的农活也闲了下来，我们便跟随着大人们学习捉鱼捉鸟捉兔子，更是其乐无穷。这时节横穿林场的惠济河里的河水断流了，只留下一个个河弯里还有一坑一洼的水。拿上铁锨开一条水道引水出来，再把剩下的水用盆子一盆一盆泼出来，鱼儿就无处躲藏了，运气好的时候在一个水洼里就能逮几十斤鱼。林场里有一些高大的白杨树，到了冬季，这些大树成了乌鸦的栖息之所。一到傍晚，光秃秃的树枝上一排排的全是越冬的鸟儿，成了一道独特的风景。到了早上，树下就满是冻成一团一团的鸟粪，大人们用扫把扫一扫担到田里去堆起来，就成了来年最好的肥料。我们关心的则是树上的鸟儿，手拿弹弓偷偷地溜到树下，不用怎么瞄准也能打下鸟儿来，很轻易的一份野味就到手了。村里有几个成年人还偷偷地自制了土枪，装上火药铅弹，一枪打去往往会有十几只鸟儿落下来。有的人家还把鸟儿卤出来，当作鸡仔拿去县城卖。现在都文明了，见不到人们用这样的方式伤害鸟类了，同时，也见不到那一树一树黑压压的鸟儿了，甚至，我们村前那片树林也几乎毁坏殆尽，鸟儿们再飞来时也找不到栖身之处了。

雪

我爱冬天，爱冬天的雪，爱冬天飘雪的早晨，或者黄昏。

我迷恋雪花擦在脸上时的凉凉的、轻柔的感觉，迷恋走在雪地上留下的那一串串“咯咕咯咕”的响声和人生轨迹般的点点印痕。

这种痴情始于何时，我很难说得清楚。也许始于蒙昧初开时的童年嬉戏，也许始于妈妈扯着我踏着雪去学校的路上，也许始于那次听到喜鹊在我家院子里雪中觅食时的叫声。

随着年龄的增长，随着沧桑岁月给予我的苦与乐的积累，随着我对人生感受与思索的延伸，我对于冬天、对于雪的爱恋愈益丰富，愈益赤诚。

每当看到飘落的雪花，我总被大自然的神奇所感动。点点片片的雪花，聚自然之精华，本质高洁，却又那么轻柔温馨；滋润万物，恩泽广施，却又那么矜持谦恭。它悄然而来，把整个世界装扮得这么洁白，这么宁静。它不像史书上和现实中的所谓强者、胜利者、高贵者那样，高傲地标榜自己的高尚和慷慨；也不像史书上和现实中的弱者、失败者、卑贱者那样，尽其所能地掩饰自己的卑微和怯弱；更不似那些希冀由后者变为前者的拉斯蒂涅们，不失时机地显露和卖弄自己的虚伪和聪明。在我心中，雪是神圣的，是我孜孜以求的圣洁、质朴、碧玉般晶莹品格的象征。

我常常陷入对于我所生活的这个世界的终极意义的玄思。从荷马所吟诵的英雄时代，到奥古斯都、托马斯们所创造的上帝的世界；从但丁、莎士比亚们所倡导的人性的复兴，到大卫·李嘉图、亚当·斯密和马克思关于资本和价值理论的诞生。历史学家们说，我们人类在这个星球上创造了无数奇迹，我们所生活的世界发生了翻天覆地的变化；生物学家们说，生物在不断进化，进化的最辉煌的果实便是人类的诞生；

社会学家们说，人类社会亦如生物的进化，在不断地前进，最辉煌的果实便是这个现实的社会，我们每个人都生活其中。这些令人敬仰的“家”们，这些人类的骄傲之子们，为我们提供了现实世界之所以如此的种种解释和说明，而我想知道的却并非这些。它非常之少，非常简单，我只想知道，在这纷繁的世界上，在这茫茫的人海中，我从何处来，将到何处去？我为何而来，又为何而去？仅此而已！我时常苦苦思索……

下雪了！是在黄昏。没人相伴，没有鸟鸣，也没有一丝风。我踏着雪，在旷野里，踽踽独行。懵然间，我似乎听到，宁静的雪原上，传来天籁之声，似一位哲人在讲解关于人生的疑问，又似一位诗人在独自吟诵。我停下脚步，仔细聆听，只听到雪花飘落的似有若无的响声。

一路相伴

你记得我们相携相伴、离岸起航的日子吗？

记得，那是我们共同的起点。怎会忘记呢？一路上你已问过千遍万遍。

我怕遗忘，怕它在我的心海中变得模糊，变得遥远，像航道上天天都在驶去的风帆。

不会遗忘的，那一天人们把我装扮得像一只五彩的凤鸟，你满身旗幡在朝阳下闪烁，似金龙的鳞片。

记得那个宁静的港湾吗？蓝天上白云相逐，浪花间鸥鹭翩翩，婀娜多姿的椰枣树在惠风中氤氲着祥和，欢乐幸福的情侣们在沙滩上享受着阳光。

记得，我还记得整个夜晚我们都在观赏海上的渔火和天上的星辰。我说，好想就此停下来，装点并享受这人世间的港湾；你说，还是前行吧，宿命使然。

记得一路上我们经历了多少风雨吗？许多往事淡忘了，我们共历的艰险却历历在目，常挂心间。

我幸福，我知道你为我魂牵梦萦。我欣赏你历险时的勇毅，渴望你风浪平息后的爱怜，听不厌你回首往事时的感慨：永恒与短暂。

我不知道我们的航程还有多远，也不知道还要经历多少风雨暑寒、急流险滩，但我知道我会继续前行，我知道一路上有你相伴。

是的，我们——永远相伴。

石头与溪流

一个夏日的中午，在空寂的红石峡谷，我空寂的心为眼前的石头和溪流而感动，我似乎听到他们在自白。

石头：自从大地停止崩裂，岩浆渐次冷却的那一刻，我就禅定在太行山的峡谷之中。亿万年了，在这星移斗转的亿万年里，我的心一刻也未停歇地思考着，我感受着这个世界每一个瞬间、亿万年的每一个瞬间的变化，思考着每一个瞬间对于亿万年的意义。

溪流：自从有了这条峡谷，有了这块石头，我就在这里流淌。亿万年了，在这星移斗转的亿万年里，我一刻也未停歇地歌唱着，向石头诉说我旅途中春草鲜嫩，夏花灿烂，秋月清爽，冬雪沉静，诉说我对于广袤平原、浩瀚大海的憧憬。

此时此刻，我确信万物有灵，我确信石头是思想，溪流是诗歌。

人生的春与秋

一日，拜见少年时代的朋友，当今已小有名气的书法家赵振乾。谈笑间，振乾兄铺纸命笔，要写一条幅送我并嘱我自选章句。我沉思片刻，即选定宋元时期书法大家赵孟頫的两句诗："在山为远志，出山为小草。"这是赵孟頫一首感怀诗的前两句。这两句诗，我是在多年前翻阅文学史的时候，在一个很不引人注意的地方偶然读到的。当时也只觉得作者取喻新奇，使我得到了"远志"与"小草"两种中草药本为同一种植物的知识，并未对作者咏物感怀的寓意多加分析。可是，随着岁月的增长，这两句颇为平淡的诗句却越来越频繁地掠过脑际，时时引发我对于人生的春与秋、花与实、理想梦幻与现实价值的思索、慨叹和惆怅。

我出生在豫东平原一个贫穷的村庄。这里大概是广阔的黄河故道的一个组成部分，当时的田地不是飞沙即是盐碱，人们的生存环境相当恶劣。我和许许多多农村孩子一样，在爷爷古老而有限的故事的熏陶下，伴随着沙地里一次又一次微薄的收获而成长。像埋在冰土下的草根一样，那时，我也有过理想，做过关于春天的梦。怎样的梦呢？大概只是吃饱肚子，或者是有足够的钱到附近的集市上买一棵甘蔗，最大的奢望不过是到离村子几十里的火车站去看一看什么是火车。八岁那年，我随邻居家的孩子到附近的集镇上了小学。当时，家里有我和姐姐上学，过了几年，又有两个妹妹上学。在那样的生活环境里，要供养七个孩子中的四个去上学，所付出的代价是难以想象的。可是，慈爱而善良的父母偏偏认定了只有读书识字才会有出息的道理，希望能用自己的汗水换来孩子与他们不同的命运。记得在我上小学五年级的时候，父母实在难以供养四个孩子上学了。为了能让我有出息，正读初中一年级的姐姐中途辍学，回村里当了民办教师，过早地结束了她那本来很有希望的学业。弟弟妹妹们也为了我这个被父母寄予厚望的哥哥而过早地担负起家务劳动的担子。这时，在我的人生之梦中，开始出现了新的境界，我期望能有真才实学，能以自己的能力改变父母姐妹及乡亲们的生活，报答他们为我作出的牺牲。带着这样的梦幻和理想，迎着我们的社会以十多年的阵痛呼唤来的春天，我和与我同样幸运的一代人一起迈进了大学的校门，我的生命的春天也终于来临了。正像春天对于草木一样，大学生活给了我许许多多的新知，也给了我同样多的梦幻。至今回忆起来，我仍觉得，我没有辜负时代洒在我身上的那一片春光。记得青年时代的康德曾经豪迈地高呼：给我物质，我就可以创造一个宇宙来！用这样的豪言来形容我当时的心境，是颇为得当的。喜欢诵读的诗歌，也大多是“仰天大笑出门去”“欲上青天揽明月”之类的豪放的词句，似乎整个世界都是可以凭个人意志而驰驱的，似乎一切都是可以创造的。这时的人生之梦也像春天一样斑斓绚丽。读过海涅、屈原，我想做一个诗人，写下不朽的诗章，给人类精神以美的奉献；读过卢梭、黑格尔，我想我也可以成为一个哲学家，站在人类命运之巅，向人们昭示生活的真谛；读了克伦威尔、拿破仑，我幻想做一个政治家，通过对社会的改造，给人们带来幸福和富裕。至于对父母、对师长、对家乡、对社会的报答和奉献，似乎是不成问题的。相比之下，少年时代的理想和梦幻，显得那么渺小，那么苍白，那么不值一谈……

时光过得真快啊！在朋友送来这篇文章的题目，使我有机会在生活的跋涉中喘息片刻、回首往事的时候，我走出校门已近十载，生命的年轮也早已过了而立之年！夏天在不知不觉中逝去，无论愿否承认，展现在眼前的，已是生命之秋的景象了。我的生命之春那斑斓的花朵，结出了怎样的果实呢？

十年来，我在高等学校工作了一段时间，后来调入党政机关。以世俗的价值观去评价，或可称羡。然而，细细想来，我做了什么呢？机器在运转，我属于它，是它的一个微不足道的部件，正像一根毫发之于人体。能用来安慰自己的，大概只能是这么一个含糊的概念。诗人和哲人的梦幻早已成为泡影，政治家的抱负也像秋夜的寒星一样渺茫而遥远。尽管我一刻也不曾忘记生我、养我，为我的成长作出过牺牲的所有的人，可是，我又向他们作了怎样的奉献和报答呢？我曾回故乡探望已显得那么衰老的父母，带给他们的安慰不过是几句亲切的呼唤；我曾走访纯朴善良的乡亲，献给他们的也只是同情和祝愿。在“报答”和“奉献”之下，对于祖国这个崇高的概念，我更是连谈论的勇气都没有了！这就是我的生命的秋天吗？这就是春天那斑斓的花朵结出的果实吗？……

“在山为远志，出山为小草。”是的，生命之春总是那么绚丽多彩，而生命之秋却总是给人这么多的遗憾。在理想中，或者说在梦中，我们是伟大的，是可以创造一切的，而在现实的人生中，我们做了什么呢？

秋天还长。在余下的时光里，但愿它能多奉献一些果实和欣慰，而不是更多的感慨和惆怅。

忧郁的河

在尼罗河畔徜徉，心绪亦如河水，流淌着，忧郁着。

微风吹过。我知道它来自埃塞俄比亚高原，来自你的发源地。它和日月星辰一样古老，问起你的源流，只有它有资格叙说。尼罗河，古老的河，和我故乡的那条大河一样古老的河。

沙鸥飞过。我知道是你滋润了两岸的土地，让焦灼的沙砾上生出了这许多稻菽玉帛。你为非洲大陆奉献了绵延数千里的生命绿洲，你可知道这生命绿洲里也曾衍生无限贪婪无数悲歌。在下游的一座博物馆里刻写着众多雨王、祭司、酋长、法老、国王的名字，记载着部落征伐杀戮的“辉煌”战果。啊，尼罗河，苦难的河，和我故乡的那条大河一样苦难的河。

帆船驶过。我知道五千年前这块土地上的先民们就曾造出太阳船，在这条河道上穿梭。你负载过这许多船，船上运载着采自非洲高原的古树、巨石和矿藏，也运载着同样多的“贱民”的汗水、泪水和热血。于是，有了埃及文明，有了开罗，有了法老的金字塔，有了一座座规模恢弘的国王和女王神庙，有了神庙构筑的卢克索。

尼罗河，忧郁的河，和我故乡的那条大河一样忧郁的河。

听　涛

暗夜。漆黑的云遮蔽了星的闪烁。海风，喔喔地怪叫着，吹熄了所有的渔火，像魔鬼的歌。波浪翻滚着，发出一声声短促的轰鸣，为这暗夜打着节拍。

在大西洋左岸的一个小角落，有一片沙滩，像腐烂的、暗褐色的树叶。叶子与海的交汇处，有一簇像这大洋一样古老的礁石，与大洋对坐。

此时，我坐在石簇之中，思维停滞，感知闭锁。心似混沌海天，没有星光，没有渔火闪烁。我不知身处何方，故乡何在；不知道黄河岸边我的朋友们在想什么，忙什么，要什么。

我祈求涛声告诉我，海风告诉我，礁石告诉我。

我看到

在波光粼粼的河边，有一个忙忙碌碌的老人。他踏砂涉水，寻寻觅觅。我看到，他对闪亮的金砂视而不见，却淘了一筐普通的石砾。

在莺飞草长的花园，有一个踯躅独行的少女。她穿梭花丛，寻寻觅觅。我看到，她对暗香袭人的玫瑰视而不见，却采了一丛无花的蒺藜。

在河汉灿烂的夜空，有一颗闪闪烁烁的流星。它划破穹隆，光华熠熠。我看到，它对奥妙无穷的星海视而不见，却执着地在瞬间燃烧了自己。

冬天的意蕴

雪花飘落的时候，智者走出他的茅屋。他眺望着浑然一体的银色世界，赞叹造物主的无限圣明。人间之生老病死，万物之肥瘠荣瘁，时令之春夏秋冬，如此井然有序，如此自然和谐，如此天然美妙，皆出造化之功。草木摇落回归大地怀抱，汲取营养以期待来年的繁盛。鸟兽静栖巢穴，梳理羽毛，舔抚伤痕，悠闲地编织着生存的香梦。河流也敛起潋滟波光，融入辽阔的雪原，融入无边的宁静。

雪花飘落的时候，行者停下他的脚步。找一处蜗居作栖身的驿馆，卸下行囊，且作小憩。抖一缕清风，拂去旅途的尘埃；燃一束薪柴，温暖僵冷的身体；掬一把雪水，洗去额头的疲倦；煮一箪稻粮，滋养交瘁的心力。趁着雪的亮光，细数一路的收获；借着夜的宁静，理一理美好的记忆。当雪原般纯净的幽梦醒来时，行者已在筹划新的行旅。

雪花飘落的时候，农人支起他的火炉。沏一壶春天采摘的香茶，品味日子的甘甜；开一坛夏天酿造的米酒，邀三五知己谈天说地；奉上秋天收获的果实，敬天地祀祖先；点燃喜庆的炮仗，祈求人寿年丰，吉祥如意。让长者安享天伦之乐，让孩童穿上温暖的新衣，让牛羊入圈不受寒风侵袭，让土地在冬雪浸润下休养生息。

雪花飘落的时候，愚氓仍在营营不已。趁月黑佛面刮金，借风高燕口夺泥。攀高枝机关用尽，拜豪门哈巴摇尾。得势即暴戾乖张，失意则艾怨戚戚。谋权位日复一日何曾宁帖，慕荣华年复一年哪得休歇。蛰吟罢蝇营狗苟无倦意，鸡鸣时胸有块垒难将息。怨身边人人负己，叹苍天时运不济。正所谓“徒劳地跟在葬礼后边走，却什么也不明白”，一次次，直到自己的葬礼。

冬天之于智者是时序，之于行者是休息，之于农人是奖励，之于愚氓是葬礼。

五十个年下

若问人活着、人的一生是为了啥，即使有现成的答案我也不愿意回答，那种沉重的话题还是让哲学家谈论去吧。但是若问年复一年的，一年忙到头为了啥，我的回答是：忙碌一年为年下。将一个人过的年下串起来，那就是他们的人生啦。我与上世纪五十年代交情浅，童蒙未开，记忆渺远，无可言说，就从上世纪六十年代起说说我印象中的年下。

上世纪六十年代：一般说来，人类是喜欢用回忆打发闲暇时光的动物，通过记忆的过滤，逝去了的总是那么美好。因而少年时代总是与美好时光被放在一个句子里表述。六十年代是我的少年时代，如果用时空概念表述我的少年时代的本质特征，即是：那是一个特殊、困难的时期，国家经济几近崩溃；那是个特别贫穷的地方，靠吃红薯、南瓜，还有从南方调运的木樨根，才没有出现更惨的景象。然而，正因为在经常的、强烈的、饥饿的感觉中成长，过年才显得无比重要，无比美好。一进入农历腊月，我们对年的期盼就显得愈来愈强烈了。盼着腊八，那天中午我们能吃上新熬的醇香醇香的腊八粥。盼着小年，腊月二十三的祭灶日，上午的放学铃声一响，我们一路小跑回家，家里有母亲煮好的冒着热气的饺子等着我们。尽管饺子皮是用杂粮和白面掺和着擀出的，饺子馅是用白菜、萝卜掺和着少之又少的肥猪肉剁成的，它仍然是那么香，是我们所能想象到的世界上最好吃的东西。盼着除夕，争着抢着去贴对子。盼着盼着，到了大年初一的黎明，放了自家的鞭炮，再去抢别人家没有炸响的落捻炮。盼着大年初一的三顿饭，白面饺子、蒸馍夹肉、炸油菜汤，盼了一年的这三顿饭，你可以放量吃，吃得越多，父母亲越高兴。这就是过年，这才叫过年。

七十年代：这是一个国家方向和社会、人心大转折的年代，是我个人的青年时代。就物质生活状态而言，在我的家乡，与上一个年代并无大的变化，贫困依然是生活的主调，变化的只是我的主观意识。就说过年吧，虽仍是个人和家庭一年中最隆重的事情，而我却少了许多期盼和兴奋，可能是因为我知道了更多超出我的家庭和生活区域之外的事情，因而也生出一些对生活现状的忧思与对家庭的责任。记不清是这个年代的哪个年头了，春节前，大概是腊月的最后两三天吧，我背着铺盖卷，揣着几乎门门功课都是满分的学年成绩表和那张红红的“五好学生”的奖状，从十八里外的中学回家过年。踏进家门，第一眼就看见在冬天中午暖暖的阳光下，母亲正坐在院子中央的一个塑料洗衣盆前，淘洗着我们家过年食品中的“珍品”：一块七八斤重的猪肋条肉、一个猪头和两只鸡子。十口之家，还要串亲戚待客，荤腥之物也就是这些了。我心里沉甸甸的，放下铺盖卷，和母亲说了几句话，就来到叔叔家，说：“叔，到年跟前了，咱村玩鹰的还去不去抓兔子了？”“都忙着过年哩，谁还往外跑啊。”叔说。“那明儿个咱借别人家的鹰，去捉兔子吧？”叔停下手中的活儿，想了想说：“中，我去借，碰碰运气吧！”第二天天傍黑的时候，我挑着三只兔子回到家里，母亲笑了，说：“今年咱家能过个肥年啦！”我也笑了。对我和我们家来说，这三只兔子比学年成绩表和那张红纸可重要多了。

八十年代：这是近代中国狂飙突进的年代，社会思想的活跃，文学艺术的繁荣，为古老民族的复兴奏响了序曲，人们的物质和精神生活每天都在发生着变化。像我这样生长于穷乡僻壤、从来不曾也不敢有生活奢望的一大批年轻人，居然走进城市、走进大学、走进知识的海洋里，每个人都能感受到社会对于我们的需要和我们对社会发挥个体作用的无限可能。过年仍是重要的，但相对于我们对社会和自身的责任意识来说，实在是轻了淡了许多。在大学读书的几年里，别的同学回家过年节的时候，我总能找理由留下来，说是看护寝室，实在是想补补课。从农村出来的学生，比起出身于城市的、知识家庭的同学，在书本知识方面欠缺的东西很多。当然这些毕竟是理性层面的，感性、情绪方面的冲击，有时也是无法抗拒的。当平静的城市因年节而喧闹起来的时候，当欢腾的校园因年节而冷冷清清的时候，对故乡、对家人的思念更像潮水一样，从心底涌出，通过每一根神经拍打着整个躯体。在一个大年三十的早上，我再也忍受不了思念之苦，骑上同学留下的自行车，飞奔而去。我要回家过年，而我的家在一百四十公里之遥的地方。

九十年代：这是一个国家发展的黄金时代，也是我们这一代人发展的黄金时代，我和我同时代的朋友称这个时代为“我们的时代”。经济和社会文化的发展需要各方面的有用之才，而我们正踌躇满志且年富力强。因而“年”的概念在我们的心目中和生活中更为淡薄了。年节将近的时候，通常也是我最忙碌的时候，总有那么多事情催着你去做，在主观意识中从未想过这些事务的意义，或者自己该不该将它们放一放，该不该推给别人去处理。常常是过了大年三十，甚至过了初一上午，才得以安闲下来。这时，听着年节的喧嚣，听着家人的唠叨，心中不禁怅然：这么隆重的一个年节，竟这么匆匆忙忙地就过去了，匆忙得连给自己和家人做点什么都没有来得及。现在回想起那个年代，有一种很复杂的感受，是坦然？是无奈？对家庭、对父母，有的只是深藏于内心的歉疚。

新世纪的第一个年代：这是一个中国人在文化心理上重拾自信的年代。我这样表述它，是仅就年节的个人感受。正像麦当劳、肯德基热闹一时而未能动摇郑州烩面、四川火锅的地位一样，基督教背景的洋节也未能影响春节、中秋节在中国人精神生活中的意义。在春节所包含的对时序变化、崇祖敬老、匡正驱邪、祈福求安等中华优秀传统文化的丰富内容中，中国人找到了精神的慰藉。相比之下，圣诞老人则越来越像童话故事中的一个荒诞不经的角色。于是乎，相对优裕的物质条件，朦胧的心灵企望和虚浮的世风结合起来，大年节下又显得异乎寻常的热闹。然而，在这热闹之中，我却失去了方位，找不到价值所在。没有饥饿催生的企盼，没有困窘激起的责任，没有责任意识下的发奋，甚至也不需要我们为他人做些什么有意义的事情。正像米兰·昆德拉的感觉：生命如此之轻，在隆重的节庆里，轻得更让人无法承受。

眼前，又是一个新的年代了。我们的物质生活的丰富似乎超越了我们的先人，我真真切切地相信，在我们的精神文化生活中，在我们普天同庆的节日里，我们一定会创造出像先人传给我们那样的、丰盛的、充实我们生命的内容。

布　谷

在布谷鸟的叫声里，春天即将停下它的脚步。撒播了满世界红艳芳菲的阳光已经把它的温暖洒向嫩绿的枝叶，洒向枝头可爱的青杏毛桃了。自东南向吹来的微风夹带着温湿的气息，滋润了这片土地上所有的生灵。姑娘少年们用红红绿绿的衣衫取代凋谢的鲜花，装点着人间世界；斑鸠、鹌鹑、野山鸡和别的鸟雀们纷纷破壳而出，在绿色的世界里寻找各自的幸福；整个春天里形容枯槁兀自不动的老枣树和苦楝树，也抛去孤傲，泛出青黄，吐出幽香。于是，小溪流出了波光的协奏，田野汇成了绿色的波浪，大自然展示出无限的生机，每个生物个体都在谱写着生命的瑰丽。

在布谷鸟的叫声里，我在属于我的庭院里踯躅。在大自然展示的生机与和谐的华章里，我感官沉醉，意识迷离。我知道，我感官沉醉，是因为口舌品味了太多太多，肌肤感觉了太多太多，耳际听闻了太多太多，眼目览阅了太多太多；我知道，我意识迷离，是因为我不知道还需要什么。物质世界给予的已使个体难以承担其重，精神世界给予的也已使心智不堪其轻。爱过了，无以复加；恨过了，遁入精神；往昔的欣幸如甘醇的美酒，已如此淋漓酣畅；逝去的忧怨也像淡淡轻烟，飘飞得无影无踪。

在布谷鸟的叫声里，在暮春的暖风里，在庭院的斑影里，生命在发出呼唤：幸福啊，就这样逝去吧。这呼唤像高天的游丝，若有若无。它发自心的最底层，只有在心底才能听见。像耶稣最后的气息："人们啊"；像浮士德临终的呐喊："我满足"；像远处布谷鸟的歌唱："不如，不如，不如归去"。

恬静的王冠湖

睡吧，静静地睡。飞越冰雪覆盖的大兴安岭，飞越牧草枯黄的内蒙古高原，终于找到了与你那高贵身姿相称的栖息地。多么静美啊，这里无风，无雨，无残酷的霜刀雪剑，无嘈杂的鸡鸣犬吠。远处，更远处，是一湖波澜不兴的碧水。

睡吧，静静地睡。蓝天为你铺撒亮丽的云锦，大地为你奉献取之不尽的菽粟。鸥鹭在芦荻丛中歌唱，欢迎众鸟之王的到来，还有静静守候着的，你的爱、你忠诚的伴侣。

睡吧，静静地睡。让香甜的梦为你编织更为高远的理想，让幸福的记忆充盈你的心扉，王冠湖清澈的秋水会洗去你旅途的劳顿，这片祥和丰腴的土地会为你注入再次远行所需的体力。

睡吧，静静地睡。

残　荷

第几个这样的午后了，你在这池边徜徉。是来为我送行吗？你屏息静气，沉默无语，青春的面颊上写出不曾有的暗淡。归去吧，你看秋已暮，天将晚，池水间散发着瑟瑟寒意，天空中蕴凝着第一场雪霰。

那是春天的一个暖暖的午后吧。我刚从池水中抽出细茎，舒展绿叶，你就在这池边流连，用你娇嫩的双手，掬起澄澈的池水，一次次洒向叶面。你说点点荷露像水晶，他说你和我一样娇艳。

还有那个细雨绵绵的夏日午后，你和你的伴侣驻足池边。你牵着他的手，他为你撑着伞。他说，盛开的荷花是这个世界上最美的物景，你说，雨后的荷花更让人心生爱怜。他说你是他心中的雨荷，你说你要为我写一首赞美的诗篇。

归去吧，不是怕你直面我此时的惨淡老态，是不愿这暮秋的肃杀之气侵凌你的容颜。我也将归去，在这池水中走完生命历程，我知道新的生命已在水中萌动，待来年春风吹来时的暖暖午后，仍将有一池滴翠的嫩荷呈现在你面前。

今日的殘荷
孕育着來年
的新綠枯葉也
是秋天裏的一種美
乙未初春寫於鄭州
馮傑又記

樱花赋

像那只寻寻觅觅的蜜蜂，我在这片樱花丛中驻足不前。看那风中摇曳的枝条，鲜亮嫩绿的枝叶，细颖茸茸的蓓蕾，映衬着这水红色的小花，在阳光下绽放着灿烂。

像那只寻寻觅觅的蜜蜂，这灿烂的樱花令我神思眩迷。我知道，你曾承受炎炎夏日，在暴晒中垂下茎枝；你曾直面瑟瑟秋风，在冷霜中落叶飘零；你也曾在冰封雪飘天寒地冻的漫长冬季，品味寂寞清冷。你默默无语，坚韧自守，为灿烂积蓄力量，为生命谱写华章，为春天奉献礼赞。

像那只寻寻觅觅的蜜蜂，这灿烂的樱花令我遐思无限。人生一世，犹草木一春。明道若昧、幽玄不可揣度的造物主总是这样安排：让那些美好的同时也是短暂的。譬如樱花，譬如人生。樱花无悔，她在短暂中绽放灿烂，并用她的灿烂叩问着我们：应该怎样安排短暂的人生？泰戈尔诗曰：生如夏花之绚烂，死如秋叶之静美。让短暂的同时也是美好的、灿烂的，这也许就是我们应努力达到的人生的界点。

看　海

暂且抛开演绎不完的八卦，来吧，朋友，让我们去海边，带上帐篷，带上老酒，去看星的闪烁，去听海的歌吟。莫让我们的视觉光盘上存贮太过丰富的色彩，莫让我们的听觉记忆中存录太过嘈杂的声音。或许会发现，我们内心之渴望，是这单调而永恒的闪烁，是这单调而永恒的歌吟。

暂且丢下手中淘漉不尽的沙金，来吧，朋友，让我们去海边，带上海涅，带上李白，在云帆沧海间体悟诗仙情怀，对翩跹鸥鹭咏诵罗曼采。莫让绩优蓝筹将人生套住，莫让鸡零狗碎将心智掩埋。或许会发现，不可或缺的，还有《将进酒》《歌之卷》，正像我们向大地祈求的稻米菽麦。

暂且走出这座无顶之塔，来吧，朋友，让我们去海边，带着感念，带着敬畏，去迎接太阳喷薄，去观赏海天云霞。让短暂面对永恒，让渺小融入伟大。在微不足道的个体与诸神之神的对话中，或许会发现，我们走过的路并不虚妄，虚妄的只是那座无顶之塔。